백준 新무협 판타지 소설

眞家

진가도

FANTASTIC ORIENTAL HEROES

진가도 1

백준 新무협 판타지 소설

초판 1쇄 찍은 날 § 2007년 12월 24일
초판 1쇄 펴낸 날 § 2007년 12월 31일

지은이 § 백준
펴낸이 § 서경석

편집장 § 문혜영
편집 § 최하나 · 이환진

펴낸곳 § 도서출판 청어람
등록번호 § 제1081-1-89호
등록일자 § 1999. 5. 31
어람번호 § 제2-1384호

주소 § 경기도 부천시 원미구 심곡1동 350-1 남성B/D 3F (우) 420-011
전화 § 032-656-4452 팩스 § 032-656-4453
http://www.chungeoram.com
E-mail § eoram99@chollian.net

ⓒ 백준, 2007

ISBN 978-89-251-1100-1 04810
ISBN 978-89-251-1099-8 (세트)

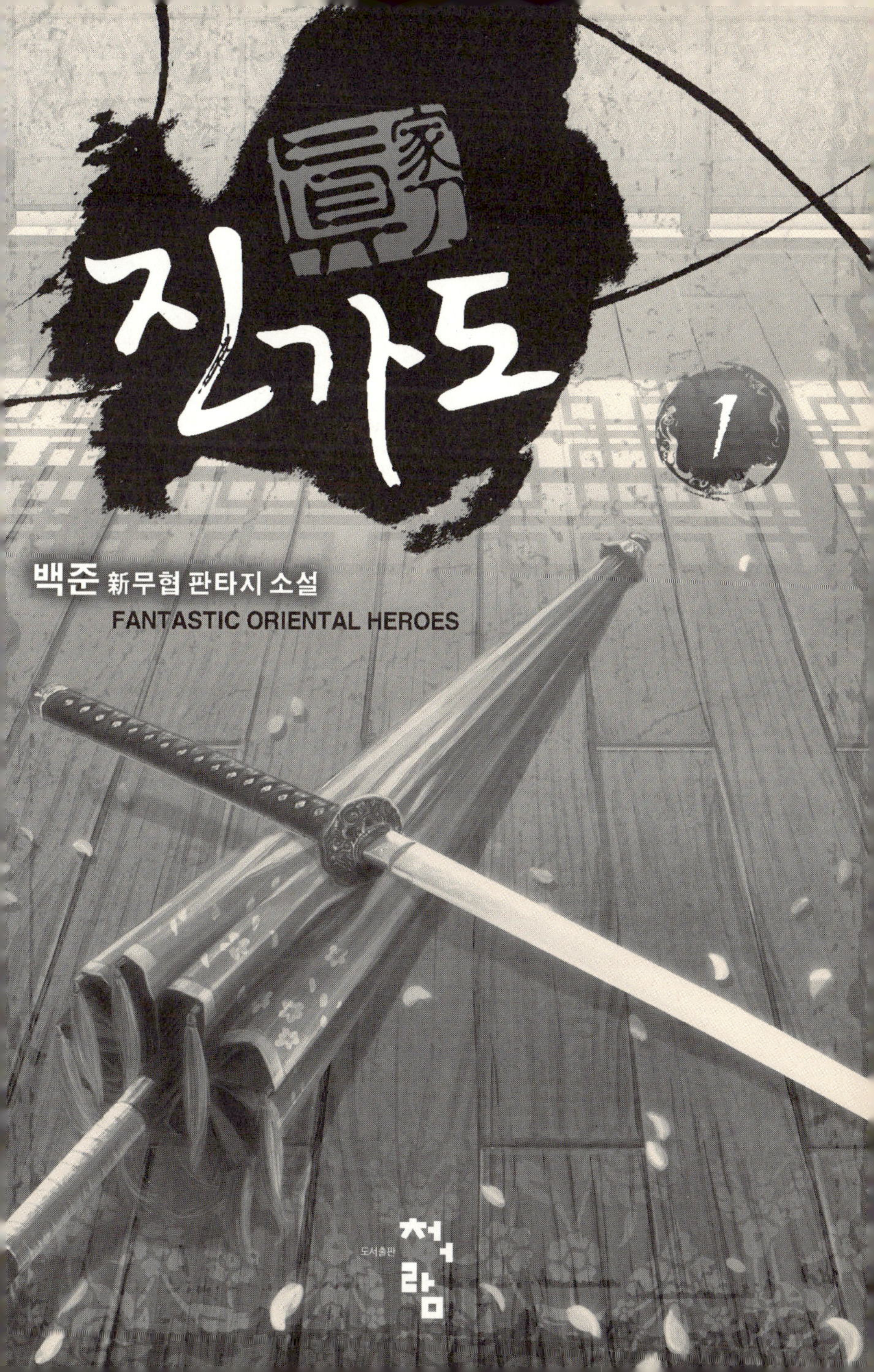
眞家
진가도
1
백준 新무협 판타지 소설
FANTASTIC ORIENTAL HEROES
도서출판
청람

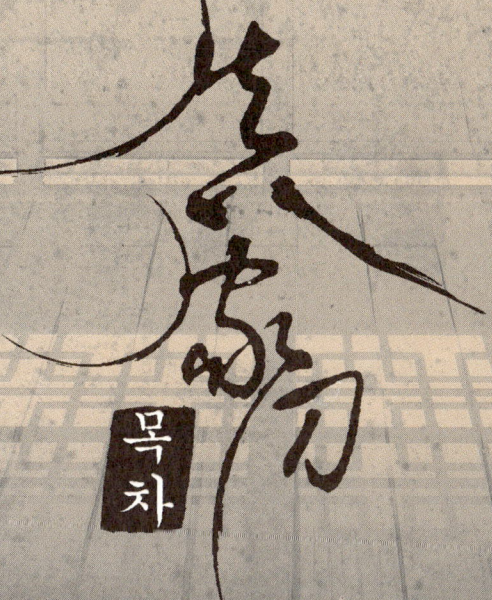

목차

작가 서문

　송백 2부를 쓰고 있었지만 언제나 머릿속은 뿌연 무언가가 가려놓은 듯했습니다. 마치 제 앞에 하나의 선이 그어져 있는 것 같았습니다. 그 선… 그 선만 넘으면 모든 것이 확연하게 보일 것 같은 느낌…….

　그것을 떨쳐 버릴 수가 없었습니다. 이 세상의 모든 이야기가 통하는 진리 같은 그런 선…….

　하지만 아직도 모르겠습니다. 과연 그러한 선을 넘었을 때 모든 것을 알게 될지 어떨지는……. 확신할 수는 없지만 넘고 싶다는 생각을 했습니다. 물러서는 것보다는 나을 것 같으니까요.

진가도는 그러한 작품입니다. 선을 넘기 위해 발걸음을 떼어놓은 듯한… 앞으로 나가기 위해 한 발 들어 올린, 그런…….

하늘 아래 오직 단 하나의 칼이 존재했으니,
그것은 진가(眞家)의 칼이었다.

第一章
음양도(陰陽刀)

　사람들이 말하길, 현재의 강호는 네 명의 세상이라 하였다. 그들을 사람들은 사세(四世)라 불렀으며 저 높디높은 곳에서 세상을 바라본다고 하였다.

　그들이 바라보는 세상에는 두 개의 별이 하늘 위에 떠 있었는데 그들을 사람들은 이성(二星)이라 하였다. 이성은 하늘 높이 떠올라 천하를 바라보고 있었는데, 그 천하는 네 명이 지배하고 있었다 한다. 사람들은 그들을 사제(四帝)라 하였다.

　강호의 사람들은 이들을 십대고수라 칭하였으며 언제나 세상 위에 있다고 말하였다.

십대고수가 세상에 존재한다면 중원에는 네 명의 군주가 있었고, 그들이 중원을 나눠 가지고 있었는데 사람들은 그들을 사군(四君)이라 하였다.

사군이 존재하는 중원에는 그들과 대립하는 왕들이 있었는데, 사람들은 그들을 오왕(五王)이라 부르며 사군과 함께 중원을 놓고 패권을 다툰다고 하였다.

사군과 오왕이 존재하는 중원은 바람이 멈출 날이 없었다고 한다. 그리고 수많은 바람들이 중원을 떠돌고 있었는데, 그중에서도 뚜렷한 열두 명을 사람들은 중원십이풍(中原十二風)이라 불렀다.

중원에는 이렇게 수많은 사람들이 존재하고 있었으며 살아가고 있었다. 그 가운데 진씨 가문은 존재하지 않고 있었다. 아직은…….

*   *   *

울창한 수풀은 하늘에서 떨어지는 햇살조차 막고 있었다. 그만큼 숲은 우거졌고 길조차도 없는 그런 곳이었다. 아주 오래전부터 사람의 발길을 거부한 이곳에서 말소리가 들려온 것은 태양이 뜨겁게 타오르는 정오 때였다.

픽! 픽!

박도로 수풀을 잘라가며 몇 명의 사람이 전진하고 있었다.

가장 앞에서 이리저리 박도를 움직이며 우거진 수풀을 잘라 내던 왕정은 흐르는 땀방울을 소매로 훔치며 중얼거렸다.

"배고파 죽겠네."

평소라면 지금쯤 밥을 먹고 있을 것이다. 하지만 오늘은 평소와 달리 밖으로 나온 상태였고, 뒤에서 두 명의 고참이 좌우로 수풀을 정리하며 자신을 따라오고 있었다.

"조금만 더 가면 도착하니 그만 투덜거려."

"놔둬. 그놈이 입마저 다물면 무슨 재미로 세상을 살겠냐?"

뒤에서 따라오던 이십대 중반의 두 청년이 웃으며 말하자 왕정은 인상을 찌푸리며 또다시 자신의 가슴까지 자란 풀을 잘라가기 시작하였다.

가장 후미에 서서 천천히 걸음을 옮기며 좌우를 살피던 흑의청년은 조금 날카롭게 생긴 인물로, 이목구비는 뚜렷하나 살기가 저절로 맴도는 눈매를 하고 있었다. 잘생긴 얼굴인데도 눈매가 날카롭기에 조금은 접근하기 어려운 분위기를 풍기고 있었다.

"드디어 다 왔다!"

숲을 벗어나자 왕정이 환하게 외치며 양손을 들었다. 지긋지긋한 밀림을 뚫고 드디어 햇살이 닿는 곳으로 나온 것이다.

곧 그의 뒤로 세 명의 인물이 모습을 보였다. 그들이 나오자 앞쪽에 서 있던 십여 명의 인물들이 달려왔다.

"단주님을 뵙습니다."

십여 명은 흑의청년을 향해 고개를 숙였다. 흑의청년은 당연하다는 듯 미미하게 턱만 움직이곤 앞으로 걸음을 옮겼다. 청년은 고개를 들어 위로 올라가는 완만한 능선의 산을 바라보았다. 청록색의 푸름을 유지한 그곳으로 다시 들어가야 했기 때문에 지금까지 걸어온 길을 잠시 상기하며 인상을 찌푸린 것이다.

곧 반대편 숲에서 삼십대 후반으로 보이는 인물이 달려와 옆에 섰다.

"오셨습니까?"

"조당."

"예, 단주님."

"아직도 더 가야 하나?"

"바로 앞입니다."

조당은 부단주로 흑의청년을 보좌하고 있었다. 그의 말에 흑의청년은 고개를 끄덕이며 앞으로 걸어갔다.

길은 이미 만들어져 있었다. 그리고 길을 따라 어두운 숲속을 조금 걸어가자 올라가는 구릉과 함께 동굴 입구가 모습을 보였다. 좌우로는 잘라 버린 풀과 나무들이 담을 쌓은 듯 높게 쌓여져 있었다. 그리고 입구에는 두 명의 청년이 부동자세로 서 있었다.

흑의청년은 망설이지 않고 동굴 입구로 들어갔다. 그의 뒤로 바짝 달라붙은 조당이 조용한 목소리로 말했다.

"다른 동굴들도 살폈지만 이곳만 유일하게 사람이 직접 만든 것 같아 보고를 올렸습니다."

"끝까지 가보았나?"

"아닙니다. 위험할 것 같아 입구만 막고 있었습니다."

"잘했군."

흑의청년은 고개를 끄덕이며 빠르게 걸음을 옮겼다. 그런 그의 눈은 동굴의 좌우를 계속해서 둘러보고 있었다. 사람이 직접 만든 것이라면 함정이 있을지도 모르기 때문이었다.

화르륵!

조당이 어둠이 짙어지자 화섭자에 불을 붙였다. 축축한 냄새가 코를 자극해 왔다.

"계속해서 가실 생각입니까?"

"일단 살펴는 봐야지."

"예."

조당이 조금 안 내킨다는 표정을 그렸다. 하지만 흑의청년이 계속해서 앞으로 걸어나가자 어쩔 수 없다는 듯 짧게 숨을 내쉬며 따라붙었다.

"불."

흑의청년이 손을 내밀자 조당이 화섭자를 건네주었다. 곧 흑의청년은 화섭자로 앞을 비추었다. 그러자 작은 원형의 공간이 나타났다. 방원 오 장여의 그리 넓지 않은 공간이었다.

그 안을 비추던 흑의청년은 안으로 들어가 주변을 살폈다.

"누가 살았던 곳입니까?"

"글쎄… 오래전에는 누군가가 살았겠지."

흑의청년은 화섭자를 들어 방 안을 한 바퀴 돌면서 벽면을 살폈으나 특이점을 찾지 못하고 발길을 돌리려 하였다.

툭!

발끝에 뭔가가 걸리자 허리를 숙였다. 불빛에 반사되는 무언가가 눈에 들어오자 흑의청년은 손을 뻗었다.

"독이 묻어 있을지도 모릅니다."

조당이 그 모습에 경직된 표정으로 말했다. 흑의청년은 조당을 잠시 바라보다 손을 뻗어 물건을 집었다.

"독선문을 상대한다곤 하지만 너무 민감하게 반응하는 것 같군."

조당은 그 말에 할 말이 없는 듯 입맛을 다셨다.

"칼……."

화섭자에 비추자 흑색의 유엽도가 불길에 반사되고 있었다. 곧 흑의청년은 자리에 주저앉아 땅을 살폈다.

"하나 더 있군."

청년은 곧 흙에 묻혀 있던 또 하나의 도를 손에 쥐었다.

"누가 여기서 싸웠나 봅니다."

"그럴지도 모르지. 그런데 자네는 이 좁은 곳에서 사람 둘이 싸울 수 있다고 생각하나?"

"그게……."

조당이 대답하려다 그러기에는 좁다는 생각에 더 이상 입을 열지 않았다. 흑의청년은 입가에 가벼운 미소를 그리다 화섭자에 비춰지는 너덜거리는 가죽 조각을 발견하곤 인상을 굳혔다.

슥!

가죽 조각엔 몇 개의 작은 그림과 글귀가 나열되어 있었다. 흑의청년은 눈을 반짝이며 바닥을 다시 샅샅이 살피기 시작하였다. 그러다 다 떨어진 얇은 책을 하나 발견하였다. 그 외에 더 이상 나오는 것이 없었기에 청년은 자리에서 일어나 화섭자를 조당에게 주었다.

"가자."

"별다른 건 없습니까?"

"자네가 볼 때는 있는 것처럼 보이나?"

조당이 고개를 저었다. 흑의청년은 고개를 끄덕이곤 빠르게 밖으로 걸어나가기 시작하였다. 그 뒤로 조당이 따라붙었다.

무더위로 인해 흑의를 벗은 진일은 동굴에서 얻은 가죽 조각과 책자를 탁자 위에 올려놓았다. 그리곤 그 옆에 있는 대나무 의자에 앉아 휴식을 취하기 위해 잠시 눈을 감았다. 곧 왕정이 허리를 숙이며 안으로 들어와 무명천에 감싸인 두 개의 유엽도를 탁자 위에 올려놓았다.

"단주님."

"……?"

"혹시 칼에 독이라도 묻어 있을지 모른다고 만지기 전에 꼭 독을 확인하시라는 조 부단주의 당부가 있었습니다."

진일은 피식거리며 고개를 끄덕였다.

"알았다."

"그럼."

왕정이 밖으로 나가자 진일은 일어나 두 개의 유엽도를 자세히 살펴보기 시작하였다. 보통의 유엽도보다 조금 두께가 얇았으며 넓이도 손가락 하나 정도 적었다. 끝으로 갈수록 휘어지는 것이야 비슷하지만 전체적으로 볼 때 보통의 유엽도보다는 날렵하게 보였다.

"특이하군."

진일은 형제 같은 두 개의 유엽도를 몇 번 살펴보다 내려놓고는 옆에 있는 책을 들었다. 책은 상당히 얇았으며 뒷부분은 아예 없는 듯 보였다. 반쪽짜리 책이었다. 그나마 남아 있는 앞의 반쪽도 글씨가 누렇게 변색되어 몇 개는 알아보기 힘들었다.

"반쪽짜리 도법인가… 저것도……."

진일은 가죽 조각을 들어 사라져 버린 밑 부분을 아쉬운 표정으로 바라보았다. 이내 한숨을 짧게 내쉬곤 다시 의자에 앉았다.

"이거라도 기연이라면 기연이겠지."

진일은 고개를 들어 천정을 응시하였다. 곧 그의 머릿속에 자신이 속한 문파의 거대한 모습이 떠올랐다. 그리고 수많은 고수들의 모습이 그려지자 자신도 모르게 한숨이 흘러나왔다. 위로 올라가야 된다는 생각도 하였지만 지금의 자신으로서는 단주라는 직위가 한계라는 것도 알고 있었다. 하지만 이왕 얻은 새로운 도법이라면 익혀두는 것이 좋을 것 같다는 생각에 얇은 책과 가죽을 한쪽 서랍에 잘 챙겨두었다.

"단주님, 데리고 왔습니다."

"모시게."

조당이 방 안으로 육십대로 보이는 작은 키의 노인을 데리고 들어왔다. 그 노인은 조금 겁먹은 표정으로 주변을 둘러보다 진일과 눈이 마주치자 엎드렸다.

"앉게."

진일의 말에 조당이 노인을 일으켜 의자에 앉혔다. 노인은 상당히 겁을 먹은 표정으로 의자에 앉아 눈만 멀뚱거렸다.

쪼르륵!

차를 한 잔 따른 진일이 노인 앞으로 찻잔을 밀어놓았다. 시선을 돌려 조당을 쳐다보자 조당이 인사하곤 밖으로 나갔다.

"이름은?"

"장소위라 하옵니다."

"이 근방에서는 가장 뛰어난 장인이라 들었는데, 사실인가?"

그 말에 장소위는 고개를 들어 진일을 쳐다보았다. 진일의 눈매가 상당히 날카롭자 시선을 마주하기 어려운 듯 눈을 돌리며 말했다.

"그리 뛰어난 것은 아니지만… 그래도 이 근방에서는 저보다 이름있는 사람은 없지요. 아마도 경력이 오래되다 보니 자신하는 것 같습니다."

자신을 자랑하는 것인지 아니면 겸손을 떠는 것인지 모를 말을 하는 장소위의 모습에 진일은 가벼운 미소를 입가에 걸었다.

"그렇다면 내가 왜 부른 것인진 알겠나?"

"장인을 불렀다면 무언가 만들어 달라는 것이겠지요."

진일은 고개를 끄덕이며 두 개의 유엽도를 장소위의 앞으로 밀었다. 장소위는 이미 의자에 앉을 때부터 유엽도를 내심 살펴보고 있던 상태였기에 진일의 의중을 대충은 파악하고 있었다.

"어떤가?"

어떤 것을 묻는 것인지 장소위는 몰랐으나 일단 아무 말이라도 해야 할 것 같아 유엽도를 살펴보며 말했다.

"손잡이가 녹이 슬어 있는 것으로 보아 상당히 오래된 것 같은데도… 날이 선 것으로 보아 값어치가 있는 물건인 것 같습니다."

"그렇다면 이 두 개의 도를 녹여서 하나로 만들어주게."

"예?"

장소위는 생각지도 못한 말을 들어 놀란 표정을 그렸다. 보통 이런 경우라면 손잡이만 새롭게 해달라거나 아니면 날을 다시 갈아달라는 게 상식적이었기 때문이다.

"하지만 새롭게 도를 만들게 된다면 지금 가지고 있는 예기를 잃어버리게 될지도 모릅니다. 거기다 이 모양을 그대로 유지하게 될지 어떨지도 확신할 수가 없습니다. 그래도 괜찮겠습니까?"

"나는 양손을 쓸 줄 몰라."

진일의 말에 장소위는 잠시 침묵하다 신광이 번뜩이는 진일의 살기를 접하곤 자신도 모르게 고개를 끄덕였다.

"알겠습니다."

"언제까지 가능하지?"

"족히 두 달은 걸릴 것입니다."

"적당한 시간이군."

진일은 곧 자리에서 일어나 자신의 방으로 들어가 작은 주머니를 들고 다시 나왔다.

"일단 절반만 주겠네."

툭!

장소위는 자신의 앞에 놓여진 주머니를 열었다. 그런 그의 눈이 번뜩였다. 생각지도 못한 거금이 들어 있었기 때문이다.

"부족한가?"

"아니… 아닙니다. 이 정도면 충분하지요."

자신도 모르게 장소위는 당황하며 입가에 웃음꽃을 피웠다. 은 다섯 냥이라면 자신이 일 년은 벌어야 얻을 돈이었기 때문이다. 그것도 이게 절반의 금액이라 하였으니 두 달 후에는 다섯 냥을 더 받게 될 것이다. 그런 생각이 들자 기분이 좋을 수밖에 없었다.

"만족한다니 다행이군. 우리 천문성은 후한 곳이니 앞으로도 잘 부탁하네."

"물론입니다."

대답하는 장소위는 몇 번이고 고개를 숙였다.

"그럼 두 달 후에 보도록 하지."

그렇게 말하며 진일이 자리에서 일어서자 장소위는 두 자루의 유엽도를 품에 안고 자리에서 일어섰다.

"조당!"

조당이 부르는 소리에 얼른 안으로 들어왔다.

"무슨 일이십니까?"

"이분을 집까지 모시고 갈 수하를 붙여주게."

"알겠습니다."

장소위는 조당의 안내를 받아 밖으로 나갔다. 얼마 지나지 않아 조당이 다시 안으로 들어오며 물었다.

"그런데 갑자기 웬 대장장이를 데리고 오라 하신 것입니까?"

"칼을 하나 만들까 해서."

"그 동굴에서 얻은 물건 말입니까?"

진일이 고개를 끄덕이며 벽에 기대어 있는 자신의 도를 들었다.

스릉!

직도가 날카로운 빛을 발하며 나타났다. 그러자 조당이 말했다.

"지금 쓰시는 칼이 마음에 안 드십니까?"

진일은 고개를 저었다.

"아니야. 이 칼 역시 좋은 칼이지. 죽은 전 당주가 썼던 칼이니까. 그때는 이 칼이 상당히 가지고 싶었지."

"좋은 무기는 누구라도 탐을 내게 마련입니다."

진일은 고개를 끄덕이며 직도를 눈앞에 들어 면을 살펴보았다. 자신의 얼굴이 도면에 반사되어 비치자 차가운 눈동자를 빛내며 말했다.

"본 성은 좋은 무기가 곧 그 사람의 직위를 말해주기도 하네. 물론 어디를 가더라도 마찬가지겠지만……."

휙!

도를 옆으로 휘두르자 가벼운 소성과 함께 바람이 일어났다.

"운이 좋았어. 이 칼을 이곳으로 오는 나에게 줄 거라곤 예상하지 못하였으니까."

"각주님께서는 단주님을 특별히 여기시는 것 같습니다. 그렇지 않고서야 당주가 썼던 칼을 줄 리가 없지요."

"그게 아니라 새로운 당주는 자신의 도가 있어 이 칼을 거절했지. 거기다 내 진급 축하도 겸한 것이었고."

진일의 말에 조당이 미소를 그렸다. 그런 이유로 주기에는 다른 당주들이 쓰는 칼에 비해 상당히 좋은 칼이었다. 특별한 이유가 있을 것이다.

또한 들리는 소문에 의하면 각주가 진일을 양자로 삼고 싶어한다고 하였다. 조당은 그런 이유 때문에 준 것이라고 여긴 것이다.

스릉!

도를 도집에 넣은 진일은 곧 의자에 앉으며 말했다.

"장인이 도를 들고 돌아오면 이것은 자네가 쓰도록 하게나."

그 말에 조당은 놀란 표정을 그렸다.

"정말입니까?"

"물론이네. 좋은 무기를 들어야 살아남을 확률도 높을 게 아닌가?"

"하하, 감사합니다."

조당이 대답하며 크게 웃었다. 진일은 곧 차를 따라 마시며 말했다.

"독선문과 해남파는 어떻게 하고 있나?"

"아직까지 특별한 움직임은 없습니다."

진일은 고개를 끄덕이며 다시 말했다.

"남은 삼대와 사대가 도착하면 모두 모여 회의를 하도록
하지."

"알겠습니다. 다른 대주들에게 그렇게 전하겠습니다."

조당은 그렇게 말하며 신형을 돌렸다. 진일이 눈을 감았기
때문이다. 아무래도 낮잠을 자려는 모양이었다.

*　　　　*　　　　*

광동성의 광주에서 동쪽으로는 끝없이 펼쳐진 밀림 같은
낮은 구릉과 산들이 이어져 있었다. 그중에 높게 솟은 루애
산(鏤崖山)의 중턱에는 상당한 규모의 장원이 세워져 있었다.
그곳은 천문성의 최남단 분타인 흑룡당의 총당이 존재하는
곳이었다.

흑룡당은 천문성의 백, 금, 적, 흑, 청, 황, 동의 칠당 중 네
번째의 당이었다. 거기다 상당한 무력을 지닌 곳으로 외부에
알려진 곳이기도 하였다.

보통은 본성에서 특별한 임무를 부여받고 나오는 곳이었
으나 이 년 전 해남파와의 싸움으로 광주 인근에 있던 분타가

괴멸되자 천문성은 광주에서 멀리 떨어진 루애산에 분타를 만들고 그곳에 흑룡당을 보낸 것이다.

진일이 있는 흑룡삼단은 아홉 개의 단 중 하나로 루애산의 총당에서 북쪽으로 이십여 리 올라가는 지점에 위치하고 있었다. 그곳은 독선문의 분타 중 가장 동쪽에 자리 잡은 구독곡과 오십여 리 떨어진 곳이기도 하였다. 독선문은 자타가 공인하는 독공의 최대 문파였기에 그들과의 싸움을 좋아하는 무인은 없었다.

광동성은 광서성의 독선문과 해남파, 그리고 천문성의 거대 삼 파가 나뉘어 이권 다툼을 하는 곳으로, 언제, 어떻게, 무슨 일이 생길지 모르는 곳이기도 하였다.

대나무와 통나무로 만든 산적의 소굴 같은 삼단의 목책 사이로 백여 명의 인물들이 이동하였다. 그중에 가장 앞선 두 인물이 방향을 바꾸어 가장 후미로 향하였다.

"삼대와 사대주가 도착하였습니다."

조당이 모습을 보이며 말하자 진일은 전에 구한 책을 읽으며 몸을 움직이다 시선을 돌렸다.

"회의실로."

"알겠습니다."

조당이 나가자 진일은 책을 서랍에 넣은 후에 신형을 움직였다.

회의실 안에는 조당까지 다섯 명의 젊은 청년이 서 있었다. 그 사이로 진일이 모습을 보이자 다들 고개를 숙였다.

"단주님을 뵙습니다."

진일은 고개를 끄덕이며 상석에 서서 그들을 둘러보았다.

"삼대주 먼저 말하게."

삼대주인 이십대 중반의 짧은 머리를 한 마윤로가 입을 열었다.

"저희가 간 구정곡은 별다른 이상이 없었습니다. 또한 그곳을 통해 독선문이 올 가능성은 희박합니다. 구정곡을 통과하면 적어도 이틀은 소비해야 할 테니 유평로를 통해 오는 길이 그들에게는 편하겠지요."

"우리가 숨기에는?"

진일의 물음에 마윤로는 고개를 저었다.

"적당한 곳이 못 됩니다. 외길이기 때문에 스스로 우리에 들어가는 것과 같습니다."

"지형은?"

"유평로는 이동하기 편한 길로 되어 있지만 그 주변은 산과 구릉이 많아 매복하고 있다면 독선문이 공격해 올 시 충분히 허를 찌를 수가 있습니다. 하지만 구정곡은 특별히 저희에게 유리한 곳이 못 되는 것 같습니다."

"구정곡은 쓸 데가 없다는 말이로군."

"그렇습니다."

마윤로의 말에 진일은 고개를 끄덕이며 시선을 사대주인 이십대 초반으로 보이는 이유에게 던졌다.

　"구독곡의 바로 앞까지 가보았으나 독선문 사람들을 발견할 수는 없었습니다. 하지만 밥을 하는 연기가 올라오는 것을 확인한 결과 적어도 오백 이상은 있는 것으로 추정됩니다."

　"오백이라……."

　진일이 인상을 찌푸렸다. 독선문의 문도 오백이란 인원은 생각보다 위험한 숫자였기 때문이다. 그들 한 명이 쓰는 독공이라면 적어도 이곳에 있는 수하 열 명과 필적하는 힘이었다. 그러니 오백은 곧 오천이란 숫자가 되는 것이다. 그런 생각을 하고 있자 이유가 다시 말했다.

　"선제공격을 가하기에는 구독곡으로 들어가는 길이 너무 협소합니다."

　"그렇겠지. 거기다 그 안에는 독선문이 중요시 여기는 무언가가 있다는 보고도 있었으니까. 상당한 전력을 갖추고 있을지도 몰라. 어차피 우리는 선제공격을 가하기 위해서 이곳에 있는 것이 아니니 방어만 생각하도록 하세나."

　진일이 그렇게 말하며 일대주인 곽기와 이대주인 장홍에게 시선을 돌렸다.

　"곽 대주는 사람을 시켜 이 지역에 대한 지도를 그리도록 하게. 이 주변 십여 리를 포함한 지도를."

"알겠습니다."

"장 대주는 총당에서 보급품을 가지고 오고, 마 대주와 이 대주는 휴식을 취한 후 내일부터 맡은 일을 하도록. 특히 이 대주는 구독곡에 대한 소문 같은 것을 중심적으로 조사하고."

"그렇게 하겠습니다."

모두 대답을 마치자 진일은 고개를 끄덕이며 밖으로 나갔다. 그의 뒤로 조당이 따라붙었다.

"저는 뭐 할 일 없습니까?"

"부단주는 나를 대신해서 당분간 일을 도맡아 처리하게."

"예?"

조당이 갑작스러운 말에 눈을 동그랗게 뜨자 진일은 능청스러운 미소를 보였다.

"모르겠나? 놀겠다는 뜻이네."

조당이 그 말에 눈물을 흘릴 듯한 표정으로 진일을 처량하게 쳐다보았다. 하지만 진일은 모르는 척 신형을 돌려 버렸다.

*   *   *

시간은 금방 흘러가는 것 같았다. 삶은 그 시간에 따라 변하게 마련인데, 긴 세월 속에 한 달이라는 짧은 시간은 그 변화를 주지 못하고 있었다.

여전히 변한 것은 없었고 단지 계절이 점점 더 뜨겁게 변해 가는 것처럼 숲도 더욱 울창하게 변하였다.

휙! 휙!

지금까지 밥을 먹고 자고 볼일을 보는 것을 제외하곤 오직 도만 휘두르고 있었다. 계속해서 휘두르고 생각하고 반복하다 보니 어느새 세 가지 초식이 기틀을 잡기 시작했다. 하지만 그것으로도 모자라다는 생각이 들었다.

가만히 땅바닥에 앉아 곰곰이 지금까지 하고 있던 자신의 수련 방법과 도법에 대해서 고심하기 시작하였다.

진일은 가죽에서 나온 도법을 암삼도(暗三刀)라 하였다. 천문성에서 배운 풍마도법은 천문성의 무사라면 누구나 익히고 있는 도법이었다. 그렇다 보니 천문성과 적대하는 세력들은 그 도법에 대해서 자세히 파악하고 있었다.

처음 출진하였을 때, 적이 자신이 펼치는 도법의 약점을 파고들어 공격해 올 때 얼마나 당황했었던가? 자신이야 임기응변으로 싸웠다지만, 당황한 동료들은 모두 죽고 말았다. 그 당시의 상황을 생각할 때 이긴 것은 오직 하나, 숫자적인 유리함이라 생각했었다. 그 기억으로 인해 무공에 대한 열망은 더욱 커졌다. 살아서 위로 올라가야 했기 때문이다.

그리고 단주가 되자 풍마도법의 후초식 세 가지를 배우게 되었다. 일반 무사일 때 사용한 풍마도법보다 훨씬 정교하고 살인적인 도법으로 연환까지 가능하니 얼마나 좋던가? 그리고 지금 다른 도법이 손에 익기 시작하였다.

"암도법과 명도법이라……."

그때를 생각하며 진일은 가죽과 책자의 도법을 떠올렸다. 가죽과 책자와 함께 찾은 것이 음양이도였으니 도법도 그리 칭한 것이다.

암도법은 가죽에서 얻은 것으로 왼손은 보조적으로 사용하는 도법이었다. 풍마도법의 전초식들만큼 단순한 형이라 여겼지만 왼손을 사용하면 보다 패도적이고 살인적이 도법이 되었다.

양손으로 도를 잡고 횡으로 도를 움직이는 순간 왼손은 도신의 반쯤을 잡아 양손으로 밀 듯이 베는 것이다. 그런 형태로 베고 자르는 도법이었다. 확실한 적에게 타격을 줄 수 있는 방법이었다. 그렇게 옆으로 베고 위에서 자르는 이초식과 마지막 하나는 찌르는 초식이었다.

손을 오른 가슴 쪽으로 모아 앞으로 찌르는 이초식은 세 가지의 변화를 한순간에 가져야 했다. 처음 찌르기는 손만 뻗으면 도가 찔러준다. 하지만 찌르는 순간 손목을 비틀어 도 등이 눈과 마주치는 선상에 두고 다시 손목을 비틀어 바깥으로 베어줘야 했다. 그런 후에 다시 팔을 뒤집어 바깥에서 안쪽으로 베어야 하는 세 가지의 변화가 있었다.

이 세 가지를 모두 한꺼번에 펼칠 수가 있어야 했다. 그게 가장 어려운 부분이었는데, 가볍게 힘을 빼고 휘두르면 그 변화는 쉽게 이룰 수가 있었다. 하지만 그렇게 가볍게 휘둘러봐야 막으면 튕겨날 것이고 아무런 소용도 없었다.

오직 힘과 기술이 조화가 되어야 했던 것이다. 적이 막아도 다음 변화로 이어져 벨 수 있을 정도의 숙련도가 필요했던 것이다.

힘없이 휘두르는 게 아니라 하나하나에 온 힘이 들어가게 해야 했다. 막아도 다음 변화로 적을 죽일 수 있는 힘.

진일은 그 힘을 얻기 위해 양팔의 수련을 게을리 하지 않았다. 도법에 맞추어 자세도 안정을 잡아야 했기 때문에 하체에 대한 수련도 게을리 하지 않았다.

무거운 쇠를 발목과 팔목에 두르고 생활한 것이다. 그 시간이 보름을 넘어가고 있었다. 그리고 가죽은 곧 소거해야겠다는 생각이 들 정도로 머릿속에 완벽하게 그 변화까지 암기하였다.

남은 것은 명도법으로, 명도법은 시작한 지 일주일 정도밖에 지나지 않았다. 암도법과 달리 명도법은 첫 초식부터 힘든 초식으로 시작되었다. 상체를 크게 위로 쭉 늘어뜨리듯 움직이며 머리를 베는 순간 섬전처럼 몸을 낮추어 한 발 나가며 허리를 베었다. 상대는 눈앞에 다가온 상대를 막기 위해 움직이다 어느새 허리가 베여 죽는 것이다.

두 번째 초식은 십여 개의 반원을 그리는 손동작이 나열되어 있는 것으로, 상, 중, 하를 비롯해 전후좌우에서 날아드는 공격을 도를 어떻게 반원을 그려 막아가는지를 설명하고 있었다. 방어용으로 가장 중요하게 여기며 익혀야 할 초식이라 생각한 것이다.

세 번째 초식은 무수히 많은 회전을 그리면서 원형의 도를 끊어 치는 그림들로 이루어져 있었는데, 중요한 것은 힘을 이용해 상대의 위치를 파악하고 그 상대를 향해 모은 힘을 한순간에 도에 담아 뿌리는 것이었다. 이것 역시 어려운 초식으로 방어 후에 이루어지는 움직임이 확실하였다.

이 모든 것을 완벽하게 하려면 시간이 오래 걸릴 것이란 생각이 들었다. 그리고 오늘부터 변화를 주기로 하였다.

초식을 익히는 게 아니라 기초적인 체력을 더욱더 강하게 만들어야겠다고 생각했다. 암도법과 명도법을 익히기 위해서는 지금의 육체보다 더욱 부드럽고 강할 필요가 있다고 판단한 것이다.

다음날 새벽같이 일어난 진일은 뒷마당의 한쪽에 마련된 넓은 통나무 위에 좌정하고 앉아 풍영심법을 운용하기 시작하였다. 풍영심법은 천문성의 무사라면 누구나가 익히는 호흡법으로 초식을 펼칠 때 그 힘을 최대화하기 위한 숨 고르기였다.

풍영심법에 집중하는 이유는 다른 게 아니라 암도법과 명도법을 행함에 있어서 지금까지의 호흡으로는 그 초식을 따라가지 못하기 때문이었다. 육지에서 숨을 쉬다 물에 들어가면 얼마 견디지 못하는 것과 같은 이치였다.

지금까지 익힌 풍영심법의 호흡을 좀 더 길게 늘렸다. 숨을 마시고 내쉬는 시간을 평소의 두 배로 올린 것이다. 처음이라 그런지 상당히 어려웠고 호흡을 고르기가 힘들었지만 참고 참으며 계속 호흡하다 반 시진이 지나서야 벌떡 자리에서 일어나 숨을 거칠게 몰아쉬었다.

"후우……."

거칠게 숨을 몰아쉬며 아직 멀었다는 생각에 고개를 저은 진일은 우물로 가 세수를 하곤 집무실로 향했다. 이 시간이면 식사가 도착하기 때문이다. 일단 식사를 한 후에 육체를 단련해야겠다고 여겼다.

오늘은 부단주인 조당이 직접 자신의 식사를 들고 와 대기하고 있었다.

"좋은 아침입니다."

"잠은 잘 잤나?"

"힘들어서 영……. 왜 이렇게 해야 할 게 많은지……. 배수로 공사가 영 진척이 없어서 애들을 들들 볶았는데, 뒷구멍으로 저를 욕하는 소리가 들리지 않습니까?"

그렇게 말한 조당은 진일과 함께 젓가락을 들었다.

"욕을 많이 먹으면 오래 산다고 하니 부단주는 오래 살겠어."

"그 욕을 원래는 단주님이 들어야 하는 게 아닙니까?"

"하하하!"

진일은 크게 웃은 후에 젓가락을 움직였다.

"특별한 일은 없고?"

"아직은 없습니다. 그런데 독선문에서 이상한 낌새가 있다고 합니다."

"무슨?"

"새롭게 그곳의 책임자가 바뀌었는지 많은 인원이 어제 들어왔다는 보고가 올라왔습니다."

그 말에 진일이 눈을 반짝였다.

"정확한 인원은 모르고?"

"예. 오십 인 정도라고 보고받았습니다."

조당이 고개를 끄덕이며 대답하자 진일은 젓가락을 내려놓으며 차를 마신 후에 말했다.

"당주에게는 보고하고 독선문을 정찰하고 있는 애들은 조금 뒤로 물리라 하게. 만약 책임자가 바뀌었다면 우리 지역 인근까지도 정찰할 터이니, 괜히 부딪쳐서 피를 보게 된다면 쌍방이 이로울 게 아무것도 없어."

"알겠습니다."

조당이 대답하며 차를 마셨다. 곧 진일은 다시 일어나 뒷마당으로 갔다.

"훅! 훅!"

높게 솟은 나뭇가지들을 정리하고 약 일 장 정도 높이에 끈을 묶어 두 다리를 끈에 연결시킨 후 거꾸로 매달려 윗몸일으키기를 하고 있던 진일의 전신은 땀에 젖어 있었다.

웃통을 벗고 있어서 그런지 그의 구릿빛 잘 발달된 육체가 땀에 젖어 번들거리고 있었다. 천문성에 들어와서 반복되었던 단련을 다시 시작한 것이다. 단주가 된 이후로 힘들고 어려운 육체의 단련을 소홀히 했다. 자기 스스로가 너무 게으르지 않았나 하는 생각으로 시작한 것이다.

오전 내내 체력을 단련하다 보니 점심 식사량도 평소보다 배는 많았다. 그리고 다시 배가 꺼질 시간 동안 햇살을 받으며 풍영심법을 수련하였고, 다시 육체를 단련하였다.

해가 질 때까지 육체를 단련한 후에 저녁 역시 배 이상으로 먹은 진일은 해가 지고 나서야 도를 들고 도법을 수련했다. 밤이 깊어질 때쯤 씻고 방에 앉은 후에 풍영심법으로 하루를 마무리한 후 잠을 청하였다.

다시 한 달이 그렇게 훌쩍 지나가 버렸다. 아직까지 크게 사건이 일어난 적도 없었고 수련을 하면서 무슨 변화가 있는 것도 아니었다. 단지 조금씩 호흡이 길어져서 도법을 수련할 때 조금 편해진 것이 다였다.

보통 사람 두 명은 충분히 먹을 양을 혼자서 다 먹은 진일은 다시 수련을 하기 위해 뒷마당으로 향했다. 그때 조당이 안으로 들어왔다.

"단주님을 뵙습니다."

인사를 한 조당은 식탁 위에 놓인 빈 접시들을 바라보며 혀를 내둘렀다. 먹는 양이 상당하였기 때문이다. 단주가 하도 먹어 돼지가 될 것 같다는 말도 있었다.

하지만 단주의 모습은 별반 달라진 점이 없었다. 그것이 조당은 이상했으나 이상한 것은 이상한 것일 뿐이다. 물을 이유가 없었다.

"대장간에서 사람이 도착했습니다."

"그래?"

진일은 그 말에 반색을 하며 자신의 집무실로 향했다.

"어서 들여보내."

"예."

조당이 밖으로 나가고 진일은 집무실의 의자에 앉아 차를 마셨다. 막 차를 다 마실 때쯤 장소위가 들어왔다.

"어서 오게. 딱 두 달이란 약속 날짜를 맞추었군."

진일의 만족한 듯한 말에 장소위는 다가오며 큰 상자를 내밀었다.

"여기 주문하신 물건입니다."

진일은 눈을 빛내며 마치 어린아이가 처음 보는 장난감을 다루듯이 상자를 열었다. 그러자 백색 투명한 도신이 눈에 들어왔다. 다른 유엽도에 비해 도 폭이 손가락 한 마디 정도 좁았으나 유려하게 휘어진 동선이 마음에 들었다.

탁!

도를 꺼내 잡는 순간 진일의 안색이 굳어졌다.

"이상하게도 둘을 섞어 만들었더니 색이 그리되었습니다. 그 원인을 아무리 찾아봐도 알 수가 없어서… 그냥 만들게 되었습니다."

장소위가 조금 불안한 표정으로 말을 하였다. 혹시라도 불길하다며 자신에게 화를 낼지도 모른다고 생각했기 때문이다.

그런 것에 상관없이 진일은 굳은 표정으로 백색 도면을 뒤집었다. 그러자 아무것도 없을 정도로 어두운 묵색이 눈에 들어왔다. 한 면은 찬란한 백색이고 한 면은 빛조차 흡수할 것 같은 검은 묵색이었다. 그 모습에 진일은 가볍게 미소를 지으며 도면을 만졌다.

"깨끗하군."

도면을 만지던 진일이 부드러운 쇠의 감촉에 만족했는지 조심스럽게 어루만졌다. 그리고 도끝의 날카로움이 손에 닿을 때 손을 뗀 진일은 곧 옆에 놓인 도집에 도를 넣었다.

스릉!

특유의 쇳소리가 귀를 맑게 해주었다.

"좋아."

진일은 만족한 표정으로 중얼거리며 장소위를 바라보았다. 그러자 장소위가 품에서 작은 단도를 하나 꺼내 내밀었다.

"남은 것으로 만든 것입니다. 짐승의 가죽을 벗기는 데 유용하게 쓰이겠지요."

장소위가 내밀자 진일은 단도를 받아 옆에 놓인 다탁에 내려놓고는 품에서 돈주머니를 꺼내 장소위의 앞으로 내밀었다.

"나머지 금액이네."

"감사합니다."

진일은 고개를 끄덕인 후에 곧 조당에게 시선을 던졌다. 조당이 장소위를 데리고 나가자 홀로 남은 진일은 다탁에 놓인 단도를 꺼내보았다.

"차갑고 뜨겁군."

진일은 만족한 눈으로 두 도면이 서로 대비되는 백색과 암색의 단도를 이리저리 살피며 미소를 보였다. 곧 가장 마음에 드는 도를 다시 꺼내 이리저리 살폈다. 보통의 유엽도보다 덜 휘고 더 폭이 좁은…….

'음양도(陰陽刀).'

도의 이름은 그렇게 만들어졌다.

第二章
독선문 후계자

진가도

호흡을 길게 가져간다는 것은 생각보다 쉬운 일이 아니었다. 그렇다고 포기할 수는 없었다. 호흡만 받쳐 주면 어느 정도 암도법과 명도법을 펼칠 수가 있을 것 같았기 때문이다. 그것은 유혹이었다.

마치 눈앞에서 반나신의 절세미녀가 손을 흔들고 유혹하듯이 도법이 눈앞에서 조금만 더 오면 된다고 말해주고 있었다. 손을 더 뻗으면 닿을 것 같은 그 유혹을 진일은 이기지 못하고 계속해서 수련하였다.

다리와 팔에는 무거운 쇳가루를 넣어 주머니로 만들어 달아 목욕을 할 때를 제외하곤 늘 달고 살았다.

반년이 훌쩍 지나갔다. 한 해가 지나가 버린 것이다. 봄이 되었을 때 암도법을 펼칠 때의 소리가 좀 더 날카롭고 호흡 역시 막힘이 없어졌다. 효과가 나타난 것이다.

획! 획!

암도법의 삼초식을 연거푸 펼친 뒤에 약간 숨을 몰아쉰 진일은 곧이어 명도법의 일초와 이초를 다시 연환식으로 펼쳤다.

쉬쉭!

바람을 가르는 그의 도 그림자와 신형이 어지러이 뒷마당에 큰 원을 그렸다. 그렇게 한 바퀴 돌고 나서야 진일은 자리에 주저앉아 숨을 골랐다.

"휴우……."

길게 숨을 몰아쉰 진일은 고개를 저으며 땀방울을 소매로 훔치곤 다시 일어났다. 아직 만족할 만한 성과가 없다고 생각한 것이다.

반년 동안 수련하여 암도법의 삼초식을 익숙하게 할 수 있게 되었으며 명도법은 이초식까지 펼칠 수가 있게 되었지만 마음이 조급해서 그런지 명도법의 삼초식까지 모두 숙달돼야 한다고 생각하였다.

언제, 어떻게, 무슨 일이 일어날지 모르는 곳이 이곳이었기 때문이다. 다행스럽게도 아직까지는 아무런 일도 없었고, 일상적인 생활이 계속되고 있었지만 모르는 게 세상일이었다.

웃통을 벗고 우물가에서 진일은 물통을 뒤집어 머리끝부터 부었다. 시원함이 전신을 타고 흐르자 그제야 기분이 좋아졌는지 저도 모르게 미소를 그렸다.

그의 전신은 반년 전에 비해 크게 달라진 것은 없어 보였으나 자세히 보면 그때와는 달리 지금의 모습이 더욱 자연스럽다는 것을 알 수 있었다. 근육이 활시위처럼 부드럽고 팽팽하게 변한 것이다.

"벌컥! 벌컥!"

물을 마신 뒤 머리를 털고 잠시 호흡을 고르던 진일은 옷을 어깨에 걸치며 방으로 향했다.

"지금까지 아무 일 없이 임무를 잘 완수했다는 내용의 보고가 내려왔습니다."

"그래?"

"조만간 천문성으로 철수하게 될 것 같습니다."

"잘된 일이군."

진일은 그 말에 고개를 끄덕이며 여러 장 쌓인 보고서들을 살펴보았다. 그의 앞에 서 있는 조당은 다시 입을 열었다.

"본성에서 새롭게 분타 인원을 구성하는 것 같습니다. 인원이 모두 구성되면 바로 인수 작업을 하겠지요."

"이상하군."

"예?"

조당이 눈을 크게 뜨자 진일이 고개를 들며 미소 지었다.

"본성은 욕심이 많은 곳인데… 해남파와 독선문을 밀어내지 않고 이 인원을 그대로 철수시키다니… 이해하기 힘들어서 그러네. 보통의 경우라면 영역권을 더욱 확장시키기 위해서 광주의 해남파를 쳤을 터인데 말이야."

"그렇습니까?"

"자네도 그 성향은 잘 알 게 아닌가?"

"북부 지역에 있던 저이기에 보통은 경계만 했습니다. 워낙에 그 지역에 있는 적들이 강하지 않습니까?"

진일은 조당의 말에 눈을 빛내며 말했다.

"혈기맹이었나?"

"그렇습니다."

고개를 끄덕인 진일은 서류를 모두 보았는지 대충 정리하며 자리에서 일어섰다.

"본당에서의 호출은 없었나?"

"아직 없었습니다. 아, 부당주가 오 리 떨어진 오단에 잠시 머물고 있다 합니다."

"그래? 내일이나 올지 모르겠군. 준비는 해두게."

"그럴 줄 알고 이미 준비는 끝을 냈지요. 제가 이렇게 보여도 눈치 하나는 좋지 않습니까?"

"하하하! 자네 때문에 내가 편하지."

진일의 말에 조당이 인상을 찌푸렸다. 사실이기 때문이다.

다음날 해가 중천에 떠오르자 진일과 조당의 예상처럼 부당주가 두 호위무사와 함께 나타났다. 삼십대 초반으로 보이는 부당주는 조금 마른 체구에 두 팔이 다른 사람들에 비해 조금 길었다.

짧은 수염을 기른 그는 새우 눈처럼 작은 눈을 하고 있어서 그런지 인상이 그리 좋아 보이지는 않았다.

"진 단수는?"

"오실 겁니다."

객당에 앉은 묵청은 인상을 찌푸리며 수염을 어루만졌다. 자신이 왔는데도 얼굴조차 아직 비추지 않았기 때문이다.

차를 한 잔 다 마실 시간이 지나서야 진일이 흑색 무복을 걸치고 허리에 유엽도를 찬 모습으로 들어왔다. 복색을 갖춘 진일의 모습은 상대로 하여금 상당한 중압감을 느끼게 할 만큼 위압적이었다.

"삼단주가 부당주님을 뵙습니다."

진일의 모습에 묵청이 살짝 눈을 빛냈다.

"앉게."

진일이 맞은편에 앉자 묵청이 차를 다시 자신의 찻잔에 따르며 입을 열었다.

"당주님이 직접 순시해야 하나 시간 관계상 대리로 내가 하게 되었네."

"예."

"별일은 없겠지?"

"물론입니다."

"하긴… 별일이 있었다면 다 죽고 자네 혼자만 살아 있겠지."

그 말에 진일의 표정이 변하였다. 그러자 묵청은 가볍게 미소를 그리며 다시 말했다.

"소문은 원래 그런 법이네. 자네의 경력이 화려해서 한 말일세. 그 힘든 싸움에서 오직 자네 혼자만 살아 나오지 않았나? 그것도 세 번이나 말이야. 그 세 번으로 단주까지 되었으니 출세한 게 아닌가?"

묵청은 그렇게 말하며 차를 마셨다. 묵청의 입장에서 볼 때 진일은 달갑지가 않았다. 그가 포함된 곳은 꼭 싸움이 있었고, 모두 죽었기 때문이다. 무엇보다 출신 자체가 달랐다. 단주 급 이상부터는 어릴 때부터 소수의 정예만 배우는 유림원에서 선출된다. 그곳에서 배운 사람들이 대다수의 간부 급이 되는 것이다.

애초에 우림각 출신이 간부가 되는 일은 드문 일이고 거의 없었다. 진일은 그 우림각 출신이었다. 말단 무사로, 싸움터에서는 가장 앞장서야 하고 버리는 돌에 가까운 무사들.

"과찬이십니다."

진일의 대답에 묵청은 고개를 끄덕였다. 신경에 거슬린다 하여도 그가 할 말은 그것뿐이었기 때문이다.

"자네에 대한 소문이 하나 더 있었지. 문신각주께서 특별히 생각한다면서?"

"그저 소문일 뿐입니다."

묵청이 고개를 저으며 찻잔을 내려놓았다.

"그럴 리가 있나? 듣기로는 양자로 생각한다는데……?"

"사실이 아닙니다."

진일의 대답에 묵청은 입을 닫으며 생각하는 표정을 보였다. 그러다 말을 돌렸다.

"이곳에 오니 독선문의 비린내가 나는 것 같군."

"가까이에 있으니 그러실 겁니다."

"아직 마찰은 없고?"

"있었다면 보고가 올라갔겠지요."

묵청이 미소를 그렸다. 그리곤 자리에서 일어서며 말했다.

"이만 가지. 더 이상 이곳에 있고 싶지 않아. 독문이 싫거든."

"예."

진일이 대답하며 일어나 묵청의 뒤에 섰다.

밖으로 나온 묵청은 천천히 연무장을 지나 걸었다. 그의 뒤로는 진일이 가깝게 붙어 있었다.

"아, 맞아. 내가 그 이야기를 깜빡했군."

"예?"

묵청이 걸음을 멈추며 신형을 반쯤 틀었다.

"조만간 해남파와의 협약을 새롭게 정해야 할 것 같아 본성에서 높으신 분이 나오실 것이네. 그분께서 오시면 자네도 본당으로 와야 하네. 단주 급이 모두 호위를 해야 하니."

"알겠습니다."

"일보게."

손을 들어 보인 묵청은 곧 호위무사들과 함께 연무장 밖에 마련된 말에 올라탔다. 그들이 말에 타자 진일은 허리를 숙였다. 말에 올라탄 묵청이 고개를 돌리며 다시 한마디 던졌다.

"독선문은 언제 무슨 일을 저지를지 알 수 없는 놈들이니 특별히 조심하게나."

"알겠습니다."

"수고."

마지막 묵청의 말이 끝남과 동시에 먼지구름이 일어나며 세 필의 말이 길을 달려갔다. 그 모습을 끝까지 보던 진일은 신형을 돌렸다.

"문을 닫아라."

"예!"

문을 지키는 무사 둘이 곧 정문을 움직여 닫았다. 그제야 진일은 고개를 저으며 자신의 방으로 걸어갔다. 옆에는 조당이 어느새 따라붙고 있었다.

"뭐라 합니까?"

"별말없었어."

진일은 의자에 깊숙이 몸을 묻으며 찻주전자를 들어 빠르게 마셨다. 목이 탄 모양이다. 그 모습에 조당이 다시 말했다.

"일단주나 이단주는 매일같이 얼굴을 볼 테니 상당히 힘들겠습니다."

"후후."

진일은 그저 가볍게 웃기만 하였다. 문득 묵청의 말에 문신 각주의 얼굴이 떠올랐다.

"사람을 어떻게 어릴 때의 모습만으로 판단할 수가 있단 말이냐? 흙의 안쪽에 있는 금은 흙을 털지 않으면 모르는 법이다. 지금의 네 모습을 보니 탐이 나는구나. 내 양자가 되어볼 생각은 있느냐?"

처음 생환했을 때 그녀가 한 말이었다. 진일은 쓸쓸히 고개를 저으며 눈을 감았다. 낮잠을 자고 싶었기 때문이다.

'천문성……'

천문성(天門城).

그것은 지명이었으며 또한 성이었다. 그리고 강호의 무림
에서 큰 비중을 차지하는 세력이기도 했다.

복건성에 자리한 천문성은 처음부터 그렇게 불린 곳이 아
니었다. 그곳은 복건성의 가장 큰 명산이라 불리는 무이산
의 한 자락을 타고 내려간 강산(江山)이라 불리는 곳이었다.
그리고 강산은 그 이름처럼 강을 타고 산이 형성되어 있었
다.

강산의 한 자락에 위치한 강촌(江村)은 작은 마을이었다.
그리고 그곳이 천문성의 처음 시작이었다.

강촌에는 문 씨 성을 가진 부부가 살고 있었는데, 신선이
아이를 안고 집에 들어오는 꿈을 꾼 후에 아들을 낳았다고 한
다. 그 아이가 문제천(門霽天)이었다.

문제천은 어릴 때 부모님 몰래 집을 나와 무이산으로 향하
게 된다. 무이산에 전설처럼 내려오는 신령님들의 이야기를
듣고 불과 열 살이란 나이에 무작정 집을 나오게 된 것이다.
하지만 어린 소년이 무이산으로 가는 길은 험한 길이 될 수밖

에 없었다.

운이 좋았을까? 아사 직전에 문제천은 신선을 만나게 되고, 신선은 문제천의 비범함을 알고 그를 제자로 받아들여 키웠다.

후에 문제천은 무이산에서 깨달음을 얻고 산을 내려오는데 그때가 무이산에 오른 지 오십 년이 지난 후였다. 하지만 문제천은 자신의 나이가 환갑이란 사실을 잊고 있었다. 자신의 모습이 청년이었기 때문이다.

산을 내려오니 부모님은 돌아가신 후였다. 큰 후회로 몇 년을 보낸 문제천은 사람들을 가르치기 시작했다. 현인이었기에 그랬을까? 강촌으로 사람들이 모여들기 시작했다. 문제천의 제자가 되기를 자청했으며 문제천은 스스럼없이 그들을 가르쳤다. 그의 명성은 커졌으며 사람들은 끊이지 않고 강촌을 찾았다.

세월이 흘러 다시 육십 년이 지났을 때 문제천은 문득 가장 중요한 것을 잊고 있었다는 생각이 들었다. 바로 부모님이었다. 자신을 낳아준 부모님에게 자신은 아무것도 한 것이 없다는 것을 알고 양자를 받아들이게 된다.

문 씨라는 성을 남기기 위해서였다. 그리고 이름 모를 소년을 양자로 받아들이는데, 성인군자라 불리게 된 문기위였다.

문기위는 문제천의 모든 진전을 이어받았다. 그의 뛰어난 무공은 가히 하늘도 놀랄 정도였다. 하지만 문기위는 문제천처럼 선인이 되지는 못했다. 그래도 문제천의 뜻을 이어 늘 사람들을 위해 살아갔다.

　문기위는 사십이 넘었을 때 사랑을 하였으니 그것은 강촌의 마을 한 귀퉁이에서 만난 현 씨였다. 문기위와 그녀는 첫눈에 사랑을 하게 되었다. 그리고 그들 사이에서 한 명의 아들이 태어났으니 그가 바로 문호방이었다.

　문호방은 무공을 너무나 좋아했다. 그리고 젊은 날 아버지인 문기위의 반대를 무릅쓰고 세상을 떠돌면서 비무를 하게된다. 그것이 이십 년의 비무였으며 불패의 비무였다.

　세상을 이십 년 동안 떠돌다 돌아온 문호방의 옆에는 부인 임씨가 있었다. 그리고 문호방의 명성은 천하를 울렸으며 수많은 사람들이 그에게 무공을 배우기 위해 강촌으로 찾아들었다. 그래서일까? 문호방의 아버지인 문기위는 환갑을 넘기곤 부인과 함께 무이산에 은거하게 된다. 그때부터, 문씨도장이라 불리게 되었다.

　문호방에게는 세 명의 아들이 있었다. 세 아들은 어릴 때부터 문호방에 의해 엄하게 자라났다. 문호방은 세 아들에게 공평하게 무공을 가르쳤으며 형제의 우애도 좋았다.

　하지만 욕심이 없기 때문일까? 문씨도장은 가난했으며 강호에 명성을 떨치고 있는 것에 비해 하루하루 먹고사는 것조차 어려웠다. 많은 제자가 있었지만 돈을 받지 않고 무공을 가르쳐 주었기 때문이다.

그 제자들은 모두 강촌에서 낮에는 일을 하고 저녁이 되어서는 도장에 들러 수련하는 사람들이었다. 그렇기 때문에 다른 문파들에 비해 인재가 나오지 못하고 있었다.

그것이 불만인 첫째 아들 문석은 도장을 위해 제자들을 이끌고 사업을 시작했다. 물론 문호방이 알 수 없게 한 것이다. 그리고 번 돈은 도장을 운영하는 데 썼다. 그렇게 삼년을 보내자 어느 정도 굶는 일이 없게 되었다. 하지만 문제는 있는 법이다. 문호방에게 그 일이 들통나게 된 것이다.

문호방은 대노하였으며 문석의 무공을 폐지시키려 했다. 문석의 사업이 정도에서 어긋난 것이 많았기 때문이다. 문석은 그것이 슬펐을까? 호통을 치는 아버지의 모습과 가난함으로 고생한 어머니의 얼굴에 눈물을 흘리며 자결한다.

그 모습을 눈앞에서 본 문호방은 심마에 빠지게 된다. 둘째 아들 문전은 형의 죽음을 본 후 마음을 굳게 먹고 표국 사업을 시작한다. 그리고 처음으로 천문(天門)이란 이름을 사용하기 시작했다.

문전의 무공은 첫째인 문석보다 더 높은 경지였다. 문호방에게는 미치지 못하나 삼 형제 중 으뜸이었다. 그의 무공 때문일까? 천문표국은 번창하게 된다.

그리고 문전이 밖으로 나간 그 틈에 셋째인 문진은 문호방의 비전절기를 전수받기 위해 노력하게 된다. 그와 동시에 문진은 많은 사업을 시작하면서 재산을 축적하게 되었다. 문호방의 무공과 명성을 바탕으로 복건성의 상권을 장악하기 시작한 것이다.

문진은 문호방의 비전절기를 전수받으며 병석에 누운 문호방의 옆을 지킨다. 그리고 문호방이 죽자 문진은 문씨세가의 가주가 되기 위해 문전에게 일부러 아버지의 죽음을 늦게 알렸다. 마침 문전은 표국 일로 사천으로 떠난 후였기에 그 소식을 뒤늦게 알게 되었다.

문진에게 가장 두려운 상대는 문전이었다. 문전의 그 뛰어남 때문이다. 언제나 어릴 때부터 그 뛰어남이 부러웠다. 그리고 문전의 뛰어남을 넘고 싶었다.

하지만 비전절기를 전수받았음에도 문전에게 자신은 부족하다는 것을 알았다. 또한 문호방은 죽기 전까지도 자신에게 가르친 무공을 모두 문전에게도 전하라 하였다. 그것이 싫었다.

문전은 문진의 그러함도 모르고 세가로 돌아온다. 그리고 문진이 가주가 되어 있다는 것을 알고는 크게 대노하지만 문호방의 죽음을 앞에 두고 형제끼리 싸울 수는 없었다. 결국 문전은 문진에게 세가주가 되라는 말을 하면서 은거하게 된다.

문진은 세가를 크게 발전시킨다. 그리고 죽기 전 문진은 문전에게 찾아가 문호방이 남긴 비급들을 보여주게 된다. 무(武)에 관해서는 문전을 이길 수 없다는 것을 죽는 순간에 알았기 때문이다. 그리고 문전은 문호방이 남긴 비급을 모두 익히며 육십 년을 더 살게 된다.

문진은 자신이 세가주가 되었지만 하늘의 노여움을 받았을까? 아들이 없었다. 그것이 한이었다. 그렇기에 두 명의 수제자에게 무공을 전수했으며 문 씨의 대를 잇기 위해 한 명의 양자를 두었다. 두 제자는 문진의 두 딸과 결혼했으며 양자는 전씨와 결혼을 하게 된다. 표면적으로 평화로웠고 아무런 문제가 없는 것 같았다.

하지만 문진이 죽고 나자 모든 문제는 일어나게 되었다. 파벌 싸움이 일어난 것이다. 문진의 양자인 문원이 세가주였으나 그를 따르는 사람은 많지 않았다. 두 수제자를 따르는 사람이 많았던 것이다.

그리고 두 수제자는 강촌의 외곽에 따로 나가게 된다. 그것이 영가장과 전가장이었다. 천문세가의 힘이 세 가닥으로 갈린 것이다. 문원은 그것이 아쉬웠다. 하지만 하나가 되는 계기가 있었다. 광풍, 피바람을 품은 광풍이 강호를 뒤덮었기 때문이다.

영신회(迎新會)의 폭풍이 몰아쳤다. 영신회는 강호를 새롭게 바꾸자는 세력으로 운남과 귀주, 광서와 광동 지역의 무인들을 통합한 사파의 세력이었다.

그들이 치고 올라오자 천문세가는 하나가 될 수밖에 없었다. 그렇지만 영신회의 힘은 대단했다. 천문세가의 힘으로도 버티는 정도가 다였던 것이다. 그렇게 천문세가가 피로 물들 때 문전이 나타났다.

문전은 가공할 무공으로 영신회를 물리쳤으며, 천문세가의 위세는 하늘을 찌르게 되었다. 사천맹과 강북무림맹, 사대세가맹조차도 손을 쓰지 못했던 영신회를 천문세가가 물리쳤기 때문이다.

천문세가의 명성은 하늘을 찔렀고 수많은 사람들이 몰려들었다. 문전의 무공 때문이었다. 문전은 문원의 아들인 문철산을 제자로 받아들여 가르친다. 그 일로 문원은 세가의 확고한 힘을 가지게 되었으며, 후에 문철산이 다음 세가주가 되었을 때 천문세가는 더 이상 세가가 아니었으며 성이 되어버렸다.

그리고 복건성에는 강촌을 대신해 천문(天門)이란 지역이 생겼으며 강산도 천문산으로 이름을 바꾸게 되었다.

*   *   *

다시 일주일이 지났다. 진일은 평소와 마찬가지로 뒷마당에서 도를 휘두르고 있었다. 몇 달 동안 음양도를 손에 잡고 익혔더니 이제는 음양도도 그와 한 몸이 된 것 같았다.

"으악!"

"……!"

진일은 막 암도법의 삼초를 펼치다 비명 소리에 놀라 신형을 멈추고 재빠르게 연무장으로 뛰어나갔다.

'독선문인가?'

이 근방에서 적이 온다면 그곳밖에 없었다.

정찰조를 제외한 모든 인원이 연무장에서 한 사람을 앞에 두고 반원을 그린 채 포위하고 있었다.

고개를 들자 정문에 서 있던 네 명의 무사가 모두 피를 토한 채 죽어 있었다. 얼굴색이 푸른색으로 변한 것으로 보아 독에 당한 것이 확실하였다.

다시 고개를 내려 포위된 청년을 쳐다보았다. 십대 중반으로 보이는 그 청년은 혼자였다. 눈에 띄는 것은 백색 무복과 소매에 그려진 검은 뱀의 수실이었다. 왼 소매를 말아 올려 어깨에 그 얼굴을 보인 흑사의 모습은 실제 살아 있는 것처럼 정교하였다.

그 청년이 양손을 들어 보이며 미소 지었다.

"천문성의 명성이 하도 높기에 구경이나 하려고 왔는데 이

거…… 이런 놈들이 그 천문성의 무사들이란 말인가? 실망인
걸?'

"큭!"

"크아악!"

순간 앞에 있던 세 명의 무사가 목을 부여잡더니 오공에서
피를 흘리며 바닥으로 쓰러졌다. 양손을 올리면서 독공을 이
미 펼친 것이었다. 그 모습에 놀란 무사들이 일제히 뒤로 삼
장여나 더 물러섰다. 진일은 그 모습에 차가운 안색으로 다가
갔다. 그 옆으로 어느새 조당이 달라붙어 있었다.

반원으로 물러선 무사들의 정중앙이 열리며 진일이 천천
히 걸어나갔다. 진일이 걸어나오자 청년이 눈을 반짝였다. 자
신의 눈에도 진일은 조금 달라 보였기 때문이다.

"대장이냐?"

진일은 청년의 물음에 비릿한 조소를 입가에 달았다.

"애군."

그 말에 기분이 상했을까? 청년의 안색이 순식간에 싸늘하
게 변하였다. 살기까지 강하게 발산하는 그 눈빛을 진일은 담
담히 바라보았다. 세상 무서울 게 없다는 말을 하고 있는 눈
빛이었다.

진일의 생각처럼 청년은 세상에 무서울 게 아무것도 없었
다. 다 자기보다 낮아 보였고 자신만이 가장 잘난 사람이라고
늘 생각했기 때문이다. 물론 사형제들이나 스승님은 무서웠

다. 하지만 그들을 제외하고 다른 모든 사람들은 우스운 하인들에 불과할 뿐이었다.

천문성에 대한 소문도 어릴 때부터 들어서 알고 있었다. 하지만 늘 나라면 다 때려부술 수 있다는 생각을 하였고, 그렇게 해주겠다고 다짐했었다. 별거 아닌 놈들이 어깨에 힘을 주고 그런 허명을 얻었다고 여겼다. 독선문에서는 자신만이 최고였기 때문이다.

"나는 독선문의 칠제자 소위라고 한다."

보통은 그 말이면 한 번 숙여준다. 하지만 천문성은 독선문과 적대하는 관계였고 굳이 그가 이름을 밝혔다고 해서 말해줄 의무도 없었다. 진일은 손을 들었다.

"쳐라."

진일의 목소리가 낮게 깔렸다.

쉭쉭!

"······!"

소위가 눈앞으로 다섯 명이 일렬로 달려나오자 독공을 펼칠 여유가 없자 눈을 부릅뜨며 외쳤다.

"니들은 강호의 법도도 모르느냐!"

"미친놈."

진일은 살기를 뿌리며 도의 손잡이를 잡았다.

스룽!

그의 손에 음양도가 처음으로 뽑힌 것이고 처음으로 피를

맛보게 될 것이다. 그렇게 하겠다고 다짐하였다. 자신의 수하
들이 죽었기 때문이다.

휙!

다섯 명이 반원을 그리며 박도를 휘둘렀다. 다섯 방향에
서 날아드는 도날을 바라보며 소위의 장영이 빠르게 움직였
다.

파곽!

당황한 모습으로 도날을 쳐내다 어느 순간 안정을 찾았다.
그리고 반격까지 하려는 듯 목을 베어오는 도를 피해 고개를
숙인 후 눈에 보이는 복부를 향해 오른손을 뻗었다.

퍽!

"크억!"

피를 토하며 머리를 쳐가던 무사가 뒤로 날아갔다. 순간 소
위의 앞에서 달려들던 수하들이 뒤로 빠지며 그들의 좌우로
다섯 명씩 열 명이 일제히 달려들었다.

열 명이 십방을 점하고 도를 휘두르며 나타나자 소위는 빠
르게 신형을 움직이며 피하기 시작했다. 빈 허공만 치는 도의
'휙! 휙!' 거리는 바람 소리가 사방에서 울렸다. 아슬아슬하게
피하고 있는 것이었다. 하지만 반격까지 꾀하지는 못했다. 워
낙에 그들의 연계가 빨랐기 때문이다. 거기다 너무 빨리 공격
해 왔기에 독공을 펼칠 시간조차 없었다.

"에이!"

소위는 참을 수가 없었는지 뒤로 몸을 띄우며 회전함과 동시에 후방의 무사들을 넘어갔다.

휘릭!

순간 머리 위로 검은 그림자들이 나타나더니 온몸을 덮쳐왔다. 그 모습에 소위의 안색이 굳어졌으나 재빠르게 뒤로 물러섬과 동시에 쌍장을 위로 움직여 날아드는 다섯 개의 도날을 쳐갔다.

파캉!

도가 튕기자 충격에 수하들이 바닥으로 떨어졌다. 그리고 그들의 머리를 넘어 날아드는 도는 백색으로 반짝이는 유엽도였다.

슈악!

"……!"

소위의 안색이 굳어졌다. 찔러오는 도끝이 너무 빨랐기 때문이다. 하지만 당황하는 것도 잠시뿐, 허리를 낮추고 오른발을 앞으로 내밀며 찔러오는 도를 오른손으로 쳐냄과 동시에 왼손을 앞으로 뻗어 빈 가슴을 치려 하였다. 그 순간 '휙!' 거리는 백색 그림자와 함께 오른편에서 도가 베어왔다.

"……!"

놀라 왼손으로 도날을 잡기 위해 손을 움직이는 순간 환영처럼 백색과 검은색이 교차되더니 검은 그림자가 반대편에서 나타났다.

"어?"

퍽!

"크아악!"

왼 어깨에 음양도가 반쯤 박히자 그 고통에 놀란 소위가 비명을 지르며 물러섰다. 그 반동으로 도를 뽑은 진일은 빠르게 그의 양 가슴으로 도를 베어갔다.

퍽!

"아악!"

소위가 다시 소리치며 바닥에 쓰러지더니 자신의 가슴과 어깨의 고통을 이기지 못해서 그런지 눈물을 흘리며 울었다.

"흑! 흑! 개새끼들……."

슥!

진일의 도끝이 그런 소위의 목젖에 닿았다. 순간 소위의 울음소리도 멈추었으며 어깨만이 떨리고 있었다.

죽음은 한순간이다. 그것을 소위도 처음으로 알게 되었다. 지금 이 순간 진일이 조금이라도 힘을 주어 도를 내린다면 자신의 목은 그의 도에 찔려 살이 벌어지고 피가 솟아날 것이다. 그 사실을 현실적으로 생각하자 가슴이 터질 것 같았다. 수많은 생각이 머릿속에서 교차되었으며 무수히 많은 후회가 가슴을 때렸다. 그리고 만약 살게 된다면 무슨 수를 써서라도 눈앞에서 자신을 내려다보는 이놈을 죽이겠다고 다짐하였다.

눈물이 마르고 고통도 그 원한 때문에 사라지자 원독에 가
득 찬 눈빛만이 불길처럼 타올라 진일을 노려보게 되었다.

슥!

그때였다. 진일은 도를 거두며 신형을 돌렸다.

"아직 애라 살려준다."

그렇게 말한 진일은 도를 도집에 넣으며 수하들에게 말했
다.

"이놈을 구독곡 앞에 던져 버려라."

"예!"

수하들이 우렁차게 대답하였다.

화르륵!

큰 불길 속에서 죽은 사람들이 타고 있었다. 그 모습을 무
심한 눈동자로 진일은 쳐다보았다. 그 열기가 대단하여 피부
를 자극시켰지만 느껴지는 것은 아무것도 없었다. 주검이 눈
앞에 재로 변해가고 있었기 때문이다.

"왜… 그놈을 살려 보냈습니까?"

조당이 조심스럽게 옆에 다가와 물었다. 진일은 아무 대답
도 없이 그저 불길 속에 재로 변해가는 수하들의 모습만 바라
볼 뿐이었다.

"아직 어리다 해도 독선문은 독선문입니다. 그놈이 몇 년

후에 어떻게 변해서 다시 공격해 올지도 모르지 않습니까?"

조당의 물음이 다시 이어졌다. 아니, 그의 목소리에는 분노가 섞여 있었다. 수하들을 잃었기에 감정이 불길처럼 타오른 것이 분명하였다. 그제야 진일은 천천히 말했다.

"그놈을 죽인다면 분명 우리는 독선문과 대대적인 싸움을 해야 해. 더욱이 그놈은 독선문주의 칠제자라 하지 않았나? 문제가 심각해질 가능성도 있어. 하지만 살려 보낸다면 이번 일은 그저 작은 소란으로 지나치겠지."

그걸 조당이 왜 모르겠는가? 알고 있으면서도 해야 하는 말이었다.

"하지만 수하들을 잃었습니다."

"더 큰 싸움을 막았다고 생각해라."

조당이 그 딱딱한 어조에 살짝 수그리며 작게 말했다.

"그래도 수하들의 불만이……."

"잘 설득해야지? 그게 자네 일이 아닌가?"

"엥?"

조당은 순간 두 눈이 튀어나올 정도로 커졌다. 진일은 신형을 돌리며 자신의 방으로 향하고 그 뒷모습을 보던 조당의 표정은 울상으로 변하였다.

"귀찮은 일은 다 내 일이군."

*   *   *

방은 그리 화려하지 않았지만 단아한 기품이 느껴지는 방이었고, 벽에 걸린 산수화들이 방의 운치를 더해주고 있었다. 그 속에 한 명의 여인이 앉아 있었는데 수수한 옷차림에 별다른 치장도 안 한 이십대 중반의 여인이었다.

눈은 조금 큰 편이었고 피부는 약간 갈색을 띠고 있었다. 긴 흑발은 의자에 앉은 그녀의 등을 지나 흘러내려 바닥에 닿고 있었다. 그녀는 느긋한 시선으로 책을 읽고 있었다.

벌컥!

갑작스럽게 문이 열리자 그녀가 시선을 들었다.

"대사저! 복수해 주세요!"

크게 소리치며 소위가 피에 전 모습으로 뛰쳐 들어왔다. 하지만 그녀의 시선은 흔들림이 없었다. 그저 처음과 다르지 않는 담담한 시선이었다.

"천문성의 그 돼지새끼들을 모두 죽여 버리고 싶다구요! 대사저! 그 새끼들을 죽여주세요!"

"시끄러."

낮고 짧은 음성이었다. 하지만 소위는 온몸이 굳어지는 느낌을 받아서 그런지 순간적으로 모든 행동과 말을 멈추었다. 그제야 그녀는 시선을 돌려 다시 책으로 향했다. 그 행동에 소위의 안색이 더욱 사납게 변하였다.

"대사저! 지금 제가 이렇게 당하고 왔는데 그깟 책이 눈에

들어옵니까!'

그녀의 손이 가볍게 흔들렸다.

퍽!

"크악!"

우당탕!

소위의 신형이 뒤로 날아가 문을 부수고 밖으로 굴러 떨어졌다. 그제야 문가에 서 있던 두 명의 중년인이 그녀와 눈이 마주치자 허리를 숙였다. 그들은 소위를 치료하기 위해 따라오다 감히 방에 들어가지 못하고 문밖에 대기하고 있었던 것이다.

"데려가."

"예."

기절한 소위를 두 명의 중년인이 안아 들고는 빠르게 월동문 밖으로 사라졌다. 그들이 사라지고 나서야 여인은 책으로 시선을 다시 던지다 가벼운 바람이 부서진 문으로 들어오자 인상을 찌푸리며 책을 덮었다.

"천문성……."

그녀는 아미를 찌푸리며 손으로 이마를 짚었다. 귀찮은 일이 생겼기 때문이다. 그래도 막내가 다쳤으니 명예를 위해서라면 조금은 움직여야 했다. 그게 귀찮았다.

第三章
소녀는 울고 있었다

1

　보고서를 받으면 급하게 올 거란 진일의 생각과는 달리 오
일이 지난 후에야 당주가 찾아왔다.

　작은 원탁을 사이에 두고 앉은 사십대 초반의 원당혁은 조
금 통통한 체구에 둥근 얼굴의 중년인이었다. 뒤에는 묵청이
서 있었는데 둘의 얼굴 중 비슷한 구석이 하나 있었다. 그것
은 작은 눈이었다.

　"생각보다 큰일이었던 것 같군."

　원당혁의 말에 진일은 대답하지 않았다. 그저 가만히 서서
듣기만 할 뿐이었다.

　"윗분들이 알아서 하신다고 하니까 크게 걱정하지는 않아

도 되네. 하지만 조금 심했다는 말이 나왔네."

"수하 일곱이 죽었습니다. 그 정도로 그친 것도 많이 양보한 것입니다."

"상대는 독선문주의 칠제자야. 크게 다쳤다면 어쩔 뻔했나?"

묵청이 듣다 조금 목청을 높였다. 그러자 진일의 날카로운 시선이 묵청을 향했다.

"우리는 사람이 죽었고 그쪽은 그저 상처만 입었을 뿐입니다. 화가 난다면 저희가 더 화가 나야 정상 아닙니까?"

"자네는 무슨 소리를 하는 것인가? 일반 무사들하고 독선문의 칠제자하고 같다고 여기나?"

"목숨은 다 같은 것입니다."

"그만."

원당혁이 묵청의 말이 끝나자 손을 가볍게 들어 막았다. 곧 원당혁은 씁쓸히 입을 열었다.

"이번 사태로 독선문주의 기분이 상한 것은 사실이나 저쪽이 먼저 공격했고, 이쪽도 사상자가 나왔기 때문에 적당한 선에서 합의를 보게 될 것이네. 거기다 아직 어린놈이라 뭣 모르고 한 짓이니 이해해 달라고 하더군."

그렇게 말한 원당혁은 곧 눈을 반짝이며 다시 말했다.

"그것보다 우리에게 큰 성과가 하나 있다면 구독곡의 책임자가 누구인지 알아냈다는 것이네."

그 말에 진일의 눈동자가 빛났다.

"누구입니까?"

"독선문주의 일제자 철사향(鐵死香) 임정이네."

"……!"

그 말에 진일의 안색이 굳어졌다. 임정의 명성을 익히 알고 있기 때문이다. 그녀는 현재 가장 강력한 독선문의 후계자로, 그 무공이 독선문주와 버금간다는 여자였다. 또한 독선문에서 가장 상대하지 말아야 할 인물이 그녀였다.

"구독곡주가 잠시 자리를 비운 사이에 임시적으로 맡고 있다 들었네. 조만간 독선문으로 복귀하겠지. 그 사실을 알게 된 위에서는 그녀가 복귀할 때까지 절대 구독곡과의 마찰은 피하라 하였네."

"알겠습니다."

진일의 대답에 만족한 듯 원당혁은 고개를 끄덕였다.

"죽은 수하들의 이름은 본성의 원령당에 올라갈 것이네. 그러니 너무 불만을 가지지 말게나."

"감사합니다."

진일은 원령당에 수하들의 위패가 안치된다는 말에 안심하였다. 원령당은 천문성을 위해 싸우다 죽은 사람들만 위패로 갈 수 있는 곳으로 일반 하급 무사가 적혀서 올라가는 일은 드문 일이었다. 그만큼 배려를 해준 것이다.

"그리고 목숨은 그 값이 같다고 하나 계급은 다르네. 자네도 그러지 않았나? 독선문의 칠제라는 말에 스스로도 그놈을 죽이지 못했네. 그게 신분의 차이라는 것이야. 신분은 어쩔 수가 없는 일이네."

"예."

원당혁의 말에 진일은 고개를 다시 한 번 숙였다. 그의 말처럼 자신 역시도 소위를 죽이지 못한 것이다. 그의 신분 때문에.

"조만간 해남파와의 협정 때문에 위에서 사람이 올 것이니 자네도 준비하고 있게나. 이번 협정을 끝냄과 동시에 흑룡당은 본성으로 복귀하니까."

"잘 알겠습니다."

진일의 대답에 자리에서 일어선 원당혁은 진일의 옆을 지나치며 어깨를 가볍게 두드려 주었다. 기운을 내라는 뜻이었다.

"참! 이번에 오시는 분은 태상장로님의 손녀이신 수려 아가씨네. 호위는 우리 흑룡당과 수려 아가씨와 함께 오는 호법원 제사대가 책임지기로 했으니 자넨 혹시라도 있을지 모를 사태에 대비해 수하들을 훈련시키게."

"예."

"수고하게나."

원당혁이 그렇게 말하고 밖으로 나가자 진일은 그 뒤를 따랐다. 곧 연무장에 마련된 말들 위로 원당혁과 묵청, 그리고

함께 온 십여 명의 무사들이 모두 올라타자 원당혁이 진일을
바라보며 가볍게 웃음 짓더니 이내 말을 몰아 달려나갔다.

두두두!

그들이 정문 밖으로 사라지자 잠시 서서 그 모습을 보던 진
일은 신형을 돌렸다. 곧 '쿵!' 하는 소리와 함께 문이 닫히자
진일은 자신의 방으로 향해 걸어갔다.

'수려……'

문득 걸음을 멈추고 하늘을 쳐다보았다. 예전 성내에서 잠
시 마주친 수려의 얼굴이 머리를 스쳤다. 그때는 어릴 때의
수려가 아닌 이미 어른이 된 수려의 모습이었다.

*   *   *

천문성 내의 순찰을 돌던 진일은 앞서 걷던 두 명의 동료가
걸음을 멈추고 허리를 숙이자 자신도 모르게 따라 숙였다.

주변은 시끄러웠고 많은 사람들이 일상생활을 하듯이 지
나치고 있었다. 그러한 소음 틈으로 다가오는 발소리가 있었
다. 그리고 눈에는 고운 빛깔의 가죽신과 치맛자락이 보였고,
코끝으로 스며드는 향기가 머리를 맑게 해주었다.

"고개를 드세요."

"……?"

진일은 그 말에 고개를 들었다. 순간 자신도 모르게 눈동자

가 흔들렸다. 눈웃음을 그리고 있는 그녀의 얼굴이 아름다웠기 때문이다.

"소문은 들었어요."

"예?"

그녀의 목소리는 맑았다. 무색의 투명한 물빛보다 더욱 맑은 느낌의 목소리가 다시 들려왔다.

"혼자서만 살아났다면서요?"

다시 듣고 싶었다, 그 목소리가.

"그것도 성에 복귀할 때 이백 개나 되는 동료들의 칼을 다 가지고 왔다고……."

그녀의 눈동자가 빛나고 있었는데, 왠지 모르게 그 눈빛과 함께할 수 없다는 생각이 들었다. 마치 자신의 손에 닿지 않을 먼 하늘 높은 곳에 있는 것 같은 거리감, 그리고 쳐다보는 것조차도 죄가 되어버릴 것 같은 기분…….

"예……."

자신도 모르게 눈을 마주할 수가 없어 고개를 숙였다. 그녀의 신과 치맛자락이 다시 한 번 눈에 들어왔다. 잠시 그렇게 눈을 고정시키고 있을 때 그녀의 신이 눈에서 사라졌다. 허전했다. 눈에 땅만 보였기에, 그리고 그녀의 향기가 코끝에서 사라졌기에…….

'수려…….'

이제는 그 이름조차 감히 입에 담을 수도 없게 되어버렸다.

이러려고 살아 돌아온 것도 아니었다. 이러고 싶지도 않았다. 만나게 된다면 어떻게 할 것인지 무수히 많은 상상을 하고 기다렸다. 그런데 결국 이런 꼴이다. 처음의 만남과는 다르게 천문성에 들어오는 순간 둘의 세상은 나뉘어졌다.

'위로 올라가리라.'

다시 한 번 다짐하며 고개를 돌렸다. 그녀의 뒷모습이 호위 무사들 사이로 보였다. 그 모습을 가만히 서서 눈에 담았다. 언젠가 그 옆에 서겠다고 다짐하며.

*   *   *

쉬릭!

마당에서 도를 휘두르는 진일의 주변으로 바람 소리가 일어났다. 경쾌한 움직임이 분명하였으나 진일은 잠시 신형을 멈추고 자리에 서더니 인상을 찌푸렸다. 무엇이 불만인지 연신 고개를 젓던 진일은 도를 도집에 넣은 후에 길게 숨을 내쉬었다.

털썩!

땅바닥에 주저앉은 진일은 이마를 감싸며 인상을 다시 찌푸렸다. 홍수려가 온다는 사실에 심란했던 것이다. 그 심란함으로 인해 집중되는 일이 아무것도 없었다.

잠시 그렇게 앉아 있던 진일은 그 자리에서 대 자로 누우며 눈을 감았다. 그러자 어릴 때의 일들이 마치 추억처럼 떠올랐다.

*　　　*　　　*

"이름?"

"진일(眞一)."

"흔한 성은 아니군."

삼십대 장한이 말하며 소년의 손을 잡았다.

"타거라."

"예?"

소년이 놀라 바라보자 장한은 사람 좋은 미소를 보이며 뒤에 서 있는 수레에 시선을 던졌다. 그곳에는 한 명의 소녀가 앉아 있었다.

소년의 시선이 소녀에게로 향했다. 소년은 잠시 소녀의 얼굴에서 시선을 떼지 못하고 있었다. 자신과는 다른 세상에서 자란 소녀 같았기 때문이다.

"우리는 애들을 팔아버리는 그런 쓰레기들이 아니다. 고아를 거두어 돌봐주고 한 사람의 어른으로서 세상을 살아가는데 도움을 주고자 하는 사람들이다. 선을 베푸는 사람들이지."

소년이 그 말에 장한에게 시선을 던졌다. 장한은 또다시 인자한 미소를 그리며 자상한 목소리로 다시 말했다.

"배고픔도 없을 것이고 추위도 없을 것이다. 따뜻한 집이 있을 것이며 친구도 기다린다. 가겠느냐?"

소년은 잠시 동안 장한을 바라보았다. 험한 세상이었고 죽은 부모님이 늘상 하는 말이 낯선 사람을 경계하라는 것이었다. 그런데 지금 낯선 사람이 눈앞에 서 있었다.

장한은 그런 소년의 얼굴을 바라보다 대답이 없자 머리를 긁적이며 소년의 눈높이로 앉았다. 대충 이런 아이들이 하는 생각을 알고 있었기 때문이다. 이때에는 그저 같은 높이로 대해주어야 한다. 그게 가장 좋은 방법이었다.

그제야 소년이 입을 열었다.

"정말… 인가요?"

소년의 말에 장한은 잠시 소년을 바라보다 입을 크게 벌리며 웃었다.

"하하하하! 물론이다. 남자는 자고로 입을 열 때 절대 거짓을 말하면 안 되는 법이란다. 고로 내 말에 거짓은 없다."

장한은 소년의 머리를 쓰다듬으며 미소 지었다. 곧 소년을 들어 올린 장한이 수레에 소년을 올려놓았다. 소년이 소녀의 얼굴을 바라보다 고개를 숙이며 반대편에 앉았다.

소녀는 다른 방향을 바라보고 있었다. 소년이 탔지만 반응조차 보이지 않았다. 그저 먼 곳을 바라보고만 있었다.

"어디로 가는 건가요?"

소년이 소녀의 무반응에 고개를 돌리며 물었다. 장한이 수레를 출발시키며 미소 지었다.

"놀라지 말거라. 바로 그 유명한 천문성으로 가는 것이다. 하하하!"

장한은 호탕하게 다시 한 번 웃었다.

덜컹! 덜컹!

수레가 출발하자 어디에서 나타났는지 모를 세 필의 말이 후미에서 따라오기 시작했다.

'천… 문성……'

소년은 어딘가에서 들은 이름이라 여겼다. 분명히 시장통에서 들은 것 같았다. 그런 기분이 들었다.

타닥!

불꽃이 타오르고 있었다.

"오늘까진 숲에서 자야 하지만 내일부터는 큰 주루의 객실에서 자게 될 것이다. 그러니 이해하고 오늘은 그냥 자렴."

예의 그 장한이 말을 하며 건포를 건네주었다. 건포를 받은 진일은 슬쩍 시선을 옆으로 던졌다. 소녀가 옆에 앉아 불을 쬐고 있었다. 그녀의 얼굴이 불꽃에 반사되어 붉게 춤을 추고 있었다. 하지만 진일의 눈에 비친 그녀의 얼굴빛은 여전히 백색으로 빛나고 있었다.

지금까지 단 한 마디도 붙이지 못했다. 자신은 다가가지 못할 무언가가 그녀의 앞에 놓인 것처럼 느껴졌기 때문이다. 고결하면서도 깨끗한, 자신의 지저분한 손이 닿지 않는… 그런 벽. 소녀는 자신과 다른 세계에서 살다가 온 것처럼 느껴졌다.

"저… 저기…….."

소녀가 고개를 돌렸다. 진일은 처음으로 용기를 내어 입을 연 것이다. 지금까지 단 한 마디도 말을 붙이지 못하고 안절부절못하던 자신을 채찍질하며 말한 것이었다. 그 말에 반응을 보이자 진일은 스스로가 더 놀라 잠시 당황하였다.

소녀의 얼굴이 진일을 향한 채 멈춰 있었다. 당황하던 진일은 자신도 모르게 어색하게 미소를 입가에 걸었다.

"저기… 내 이름은… 진일… 진일이야…….."

진일은 고개를 살짝 숙이며 얼굴을 붉혔다. 하지만 소녀는 입을 열지 않았다. 진일은 고개를 돌려 소녀의 얼굴을 바라보았다.

"……!"

그 순간 진일의 눈동자는 멍하니 멈춰져 버렸다. 소녀의 얼굴을 마주한 순간이었다. 모든 것이 멈춘 것처럼 느껴졌다.

주륵!

소녀의 눈에서 흘러내린 두 줄기의 물방울이 양 볼을 타고 밑으로 흘러내렸다. 진일은 멍하니 그 얼굴을 바라보았다. 소녀의 시선은 그런 진일을 향한 채 그렇게 눈물방울을 흘리고 있었다.

소녀는 울고 있었다.

타닥!

불꽃이 타오르고 있었다. 그리고 소녀는 누워 있었다. 턱 밑까지 모포를 덮어준 진일은 가만히 앉아 모닥불을 바라보고 있었다.

"지켜… 줄 수… 있어……?"

소녀의 입에서 처음으로 들은 말이었다. 진일은 잠시 타오르는 불꽃을 바라보았다.

"눈앞에서 부모하고 형제들이 그렇게 잔인하게 죽었으니… 천지검이 뭐기에 인명을 그리 가지고 간단 말인가……."

미세한 목소리가 저쪽에서 들려왔다. 진일은 시선을 던졌다. 무사들이 이야기를 나누고 있었다. 진일은 고개를 돌려 잠을 자고 있는 소녀의 얼굴을 바라보았다. 이름도 듣지 못했다. 단지 뇌리에 그 얼굴이 남겨져 있을 뿐이다.

진일은 고개를 돌려 쭈그리고 앉아 무릎에 얼굴을 묻었다. 밤은 깊어갔고 졸음은 눈을 무겁게 만들었다. 그리고 불이 타는 소리가 빗소리로 변하기 시작하였다. 눈을 감자 폭포수처럼 쏟아지는 빗물이 머리에 떠올랐다.

*　　　*　　　*

쏴아아!

강물이 넘치고 있었다.

콰쾅!

하늘에서는 번갯불과 천둥이 내리쳤다. 주변은 어두웠으며 물소리가 강하게 들려왔다. 바람 역시 몸을 날려 버릴 것처럼 강하게 불었고 피부를 때리는 빗방울은 마치 작은 돌이 날아오는 것처럼 따가웠다. 그것은 공포였다. 태어나서 처음으로 경험하는 어둠의 공포.

"엄마! 엄마!"

소년이 어두운 주변을 향해 소리쳤다. 하지만 빗소리와 바람 소리로 인해 그 목소리는 금세 사라졌다. 어떻게 해서 자신만이 이렇게 땅에 발을 디디고 서 있는지 몰랐다. 단지 눈을 떠보니 자신만이 나무에 걸린 채 그렇게 있었다.

쿠콰콰콰!

강한 물소리가 눈앞에서 들려왔다. 그리고 떠내려가는 사람들의 모습이 옅은 색을 띠며 눈에 들어왔다.

"아빠! 아빠!"

소년은 소리치며 강물을 향해 외쳤다. 하지만 금세 그 모습은 사라졌다.

짹! 짹!

참새 소리는 시끄러웠다. 아니, 아침을 알리는 소리는 너무도 정겨웠다. 슬며시 눈을 뜨자 따가운 햇살이 머리 위로 내리쬐고 있었고 주변은 푸른 녹색을 띠고 있었다. 자리에서 일어선 소년은 앞을 바라보았다. 그 순간 소년의 눈동자가 부릅떠졌다.

모래가 산을 만들고 있었고 그 속에 집의 모양들이 늘어서 있었다. 저 멀리 물소리가 들려왔다. 산은 사라진 것 같았고 부러진 나무들이 여기저기 모래를 안고 숲을 만들었다.

온 세상이 그렇게 회색빛이었다. 눈을 뜬 세상은 태어나서 처음으로 접하는 처참함이었다. 모래 사이로 손이 몇 개 튀어나와 있었다. 또한 사람들의 얼굴이 모래 밖으로 나와 있기도 했다. 그것은 끔찍했다. 그렇게 모래가 세상을 삼켜 버렸다.

"우와아악!"

저도 모르게 소년이 소리치며 자리에 주저앉았다. 다리의 힘이 풀린 것이다.

한순간에 모든 것을 잃어버렸다. 가족도 집도 친구들도 그리고 마을도… 어디가 자신의 마을인지조차 알 수 없었다. 밟히는 것은 모래뿐이었다. 그렇게 장강은 모든 것을 삼키고 지나가 버렸다. 단 하룻밤 사이에 그렇게 된 것이다.

물이 집을 삼키기 전까지 행복한 잠을 자고 있었다. 그 일은 너무도 갑작스러웠기에 피하지도 못했으며 서로를 챙길 시간조차 주지 않았다. 집을 덮친 물은 그렇게 빨랐다.

"유… 연서……. 연서……."

*　　　*　　　*

덜컹! 덜컹!

눈을 뜬 진일은 수레를 둘러보았다. 일주일이 지나도록 아직 이 수레에서 벗어나지 못하고 있었나. 그리고 그 사이에 아이들이 몇 명 늘어나 있었다. 자신을 포함해 모두 다섯 명이었다. 소녀의 옆에 다른 소녀가 붙어 앉아 있었다. 이름은 장산(長山)이라고 했다. 여아답지 않은 이름이었다. 장산도 자신처럼 홍수에 모든 것을 잃은 소녀였다.

"연서……."

진일은 모기보다 작은 목소리로 입술을 움직였다. 다른 아이들이 타기 하루 전 처음으로 소녀의 입에서 들은 이름이었다. 소녀는 유연서라는 이름을 가지고 있었다.

"아직 멀었습니까?"

후미에 앉은 똘똘하게 생긴 소년이 말하자 예의 그 장한이 고개를 돌렸다.

"저녁이면 천문성에 도착할 것이다. 그리고 그곳에서 너희

소녀는 울고 있었다 87

들의 거처도 결정될 것이고. 그러니 너무 독촉하지 말거라.
이 아저씨도 힘들단다."

장한이 웃으며 말하자 후미의 소년이 팔짱을 끼며 앉았다.
진일이 그런 소년을 바라보자 소년은 진일과 눈이 마주하곤
인상을 썼다.

"뭘 봐."

진일 고개를 돌려 유연서를 바라보았다. 유연서는 여전히
먼산을 바라보고 있었다. 그런 유연서의 옆얼굴을 진일은 가
만히 바라보았다. 그러던 어느 순간 시선 속에 장산의 눈동자
가 들어왔다. 장산은 진일과 눈이 마주치자 웃음을 보였다.
하지만 진일은 그저 고개를 숙일 뿐이었다.

퍽!

"악! 이 새끼!"

쓰러진 소년은 다른 소년들의 부축을 받으며 일어섰다. 입
술을 훔친 소년은 앞에 서 있는 진일을 바라보며 이빨을 깨물
었다. 입술이 터져 피가 흘러나왔지만 그런 것에는 상관없다
는 듯 진일을 향해 달려들었다.

"죽여 버린다!"

휙!

주먹을 날리자 진일은 앞으로 달려나가며 소년의 얼굴에
이마를 박았다.

빡!

"크악!"

코피가 터져 나오며 소년이 뒤로 벌러덩 자빠졌다. 다른 소년들은 겁먹은 얼굴로 진일을 바라보았다. 진일은 쓰러진 소년을 바라보다 고개를 돌려 유연서와 장산을 바라보았다. 장산은 유연서의 손을 꼭 움켜잡고 있었다. 진일은 이내 고개를 돌리며 말했다.

"너희들은 아저씨한테 가."

유연서의 맑은 눈동자가 흔들렸다.

"진일 이 개자식! 두고 보사, 개새끼!"

소년이 소리치며 일어서려 했지만 정신을 차리지 못한 듯 비틀거렸다.

"이놈들! 뭐 하는 짓이냐!"

식사를 마친 장한이 달려나오며 아이들을 향해 호통쳤다. 진일은 고개를 숙였다. 장한은 사태를 파악하곤 피를 흘리는 소년을 살피며 진일을 노려보았다.

"앞으로 함께 동료가 될 사이인데 벌써부터 싸우면 쓰겠느냐? 사이좋게 지내거라."

진일은 고개를 끄덕였다. 하지만 유연서와 장산을 못살게 군 것은 용서할 수가 없었다. 그래서 대답하지 않았다.

이십대 후반의 종영영은 의자에 앉아 들어오는 아이들을

바라보았다. 아이들을 바라보는 그녀의 눈은 마치 먹이를 고르는 것처럼 반짝이고 있었다. 그들의 앞에 삼십대의 장한이 서 있었다.

"수고했다, 장권."

툭!

장권의 앞으로 돈주머니가 떨어졌다.

"그걸로 수하들과 요기나 하거라."

"감사합니다."

장권이 돈을 소매에 넣으며 허리를 숙였다. 곧 종영영의 뒤에서 십칠, 팔 세 정도로 보이는 소녀가 걸어나와 우측에 놓은 작은 탁자 위에 앉았다. 소녀의 앞에는 문방사우가 놓여 있었고, 곧 소녀는 먹을 벼루에 갈기 시작했다. 그 소리가 조용하게 실내에 남겨지고 있었다. 그리고 어느 정도 시간이 지나 소녀가 쳐다보자 종영영은 입을 열었다.

"시작하지."

"예. 모두 홍수로 가족을 잃은 아이들입니다."

장권의 공손한 말에 종영영은 고개를 끄덕이며 아이들을 하나하나 바라보았다. 그러다 시선을 한 소녀에게 던지며 물었다.

"저 아이도?"

"아… 저 아이는……."

종영영의 시선이 유연서에 멈춰지자 장권이 입을 열다 종영영의 옆으로 다가가 모깃소리로 소곤거렸다.

"절강 남부에 있는 선유세가에서 유일하게 살아난 생존자입니다. 이번 천지겁의 사태로 인해 선유세가가 멸문하지 않았습니까? 저희 분타 무사가 운 좋게 탈출하는 저 아이를 발견하여 은밀히 제 손으로 옮겨졌습니다."

종영영의 눈동자가 이채가 발하며 소녀를 찬찬히 살폈다. 곧 장권은 뒤로 물러나 유연서의 어깨를 가볍게 두드려 주었다. 그리곤 유연서를 앞에 서게 하자 종영영이 미소 지으며 말했다.

"이름은?"

"유연서예요."

낮은 목소리였다. 붓을 들고 있던 소녀가 듣지 못해 고개를 들어 종영영을 바라보자 종영영은 손을 저었다. 적을 필요가 없다는 뜻이었다. 이들 중에 단연 돋보이는 아이가 바로 유연서였기 때문이다.

"앵화야!"

종영영의 목소리가 크게 울리자 뒷문을 열고 시비 한 명이 들어왔다.

"예, 각주님."

"이 아이를 네 방으로 안내하거라."

종영영의 말에 시비가 유연서의 손을 잡고 뒷문을 나섰다. 유연서는 시비의 손에 이끌려 나가면서 고개를 돌렸다. 누구를 바라보는 것일까? 장산은 손을 들어 흔들었다. 그리고 그 옆에 서 있는 진일은 그저 유연서의 모습만을 바라보고 있었다. 유연서는 다시 고개를 돌렸다. 곧 뒷문으로 유연서의 모습이 사라지자 진일은 저도 모르게 고개를 숙였다.

"아무나 시작하지."

종영영의 말에 장권은 더 이상 눈에 띄는 아이가 없다는 것을 알고 내심 진일을 슬쩍 바라보았다. 자신의 안목으로 조금 특별하게 느껴졌던 녀석이기에 기대를 걸고 있었던 것이다. 안쪽으로 들어가는 사람이 한 명인 것도 큰 성과이고 수당도 두 배로 받겠지만 두 명이면 수당이 열 배로 늘어난다.

그 기대 때문에 진일을 처음 보자마자 그렇게 설득해서 데려온 것이다. 하지만 야속하게 종영영은 유연서만을 선택하였다.

'이 정도면 되었지.'

장권은 한 명씩 앞으로 보내며 설명하기 시작했다.

"오목산에 있는 작은 산촌에서 데리고 왔습니다. 고아로 그곳에 얼마 전 산적들이 한바탕하고 간 것 같았습니다."

"이름?"

"장호인데요."

약간 작은 눈에 볼이 통통한 소년이 대답했다. 붓을 든 소녀가 이름을 적기 시작했다. 그리곤 고개를 들자 종영영이 검지를 들었다. 그러자 소녀가 뭔가를 적기 시작했다.

"다음."

"진일입니다."

"진일? 흔하지 않은 성이군. 아버지는 뭐 하신 분이냐?"

종영영의 시선이 진일을 향했다. 진일은 늘 배를 타던 아버지를 떠올렸다.

"배를 타셨습니다."

종영영은 고개를 끄덕였다. 진일의 얼굴은 오관이 뚜렷한 얼굴이있다. 히지만 독기가 없어 보였다. 고아라면 생존의 문제 때문에 은연중 독기가 있게 마련이다. 하지만 진일은 그러한 독기가 없어 보였다.

이럴 때가 가장 난감했다. 그렇다고 다른 선택을 하자니 나중에 후회될 결과를 생각한다면 그것도 아니었다.

흔하지 않은 성이라 부모를 물은 것이다. 위를 알면 아래도 알기 때문이다. 하지만 평범한 아이였다. 그래도 뭔가 미련이 남은 듯 마음이 빠른 결정을 내리지 못하고 있었다. 하지만 소수만이 갈 수 있는 곳에 보내기에는 뭔가가 부족한 것 같았다. 결국 종영영은 검지를 세웠다. 곧 붓을 든 소녀가 뭔가를 적었다.

"안내하게, 조금 후면 다른 아이들이 도착할 테니."

"예, 각주님."

장권이 허리를 숙이며 장산을 제외한 세 명의 아이를 데리고 밖으로 나갔다. 장산은 여자이기에 다른 곳으로 가게 된다. 남자와 여자는 어릴 때부터 그렇게 따로 교육을 받게 되어 있었다. 그 짧은 순간의 판단이 진일의 인생을 결정지어 버렸다.

방에 들어왔을 때는 해가 지고 어둠이 깔릴 때였다.

"종이 울리면 불을 끄고 자거라."

문을 닫는 청년의 딱딱한 목소리였다. 진일은 중앙의 작은 탁자 위에 밝혀져 있는 호롱불을 바라보다 곧 불을 껐다. 그것 외에는 침상 다섯 개가 전부였기에 따로 이 방에서 할 것도 없었다. 다섯 개의 침상 중 가장 후미에 놓인 침상으로 걸어가며 이불을 덮었다.

다음날 아침, 눈을 뜬 진일은 얼마 지나지 않아 종이 울린다는 것을 알았다. 그리고 문이 열리며 평범한 얼굴의 청년이 모습을 보였다.

"글은 아느냐?"

첫마디가 글에 대한 것이었다. 진일은 고개를 저었다. 청년은 그럴 줄 알았다는 듯 고개를 끄덕이며 말했다.

"열흘 정도는 하고 싶은 것을 마음대로 해도 된다. 식당은 앞에 있으니 배고플 때 가서 먹고… 단지 종이 울리면 불을 끄고 잔다는 것만 지켜주거라."

"예."

진일의 대답에 청년은 고개를 끄덕이곤 문을 닫았다. 혼자 남은 진일은 창문을 열었다. 밝은 햇살이 들어오자 유연서의 얼굴이 떠올랐다.

"예쁜… 얼굴……."

진일은 유연서의 얼굴이 늘 울고 있는 것처럼 보였다. 하지만 그런 얼굴조차 자신보다는 밝아 보였다. 빛과도 같은 그런…….

십 일이 지나자 방에 다섯 명의 인원이 모두 들어오게 되었다. 진일은 가장 먼저 도착했기에 자연스럽게 조장이 되었다. 그리고 다음날부터 공부가 시작되었다.

"합!"

질서정연한 모습으로 연무장에 선 이백 명의 소년들이 목도를 들고 앞으로 찔렀다. 잠시 찌르는 자세로 멈춰 선 십삼, 사 세 정도의 소년들은 다음 구령이 떨어지기를 기다렸다.

"이초!"

"합!"

소년들이 일제히 도를 하늘로 올리며 신형을 좌측으로 틀어서 도를 내려쳤다. 이백 명이 같은 자세로 목도를 내려치자 가벼운 바람 소리가 연무장에서 울려 퍼졌다. 외침과 함께 일어난 바람 소리가 흡족했는지 앞의 단상 위에 서 있던 청년은 만족한 미소를 그리며 고개를 끄덕였다.

둥! 둥! 둥!

북소리가 울리자 소년들의 안색이 미소로 가득 찼다. 점심 시간을 알리는 북소리였기 때문이다. 단상 위의 청년은 가볍게 웃으며 크게 외쳤다.

"바로!"

둔탁한 소리가 크게 연무장에 울리며 소년들의 신형이 일제히 몸을 바로 세웠다.

"수고했다. 해산!"

"와아아아!"

소년들이 일제히 소리치며 단상 뒤의 구릉 위에 있는 숙소로 달려갔다. 그 모습을 청년은 미소 지으며 바라보았다.

탁!

자신의 방으로 들어온 영무장은 잠시 굳은 표정으로 서 있었다. 자신이 앉아 있어야 할 자리에 다른 사람이 앉아 있었기 때문이다. 그러다 놀란 듯 영무장은 허리를 숙였다.

"죄송합니다. 관주 영무장이 인사드립니다."

영무장의 인사에 의자에 앉은 중년인이 수염을 쓰다듬으며 고개를 끄덕였다. 인자한 인상을 가진 중년인이었다. 검은 수염은 목젖까지 내려왔으며 자색의 포의를 입고 있었다.

"오랜만이네, 영 관주. 그동안 별일은 없었나?"

"그렇습니다."

"문제를 일으키는 아이도? 아니면 좀 특별한 아이라도 있다면 말해보게나."

"그것은……?"

영무장이 고개를 들어 바라보자 중년인이 웃으며 말했다.

"이거 나이가 드니 제자가 필요해서 말일세."

"하지만 이미 영특한 아이들은 모두 위에서 빼간 상태입니다. 남은 아이들은 모두 외당에 편입될 아이들입니다."

"평범한 아이들이란 소리군."

"그렇습니다."

중년인은 실망한 표정으로 일어서더니 다탁에 놓인 찻잔을 들어 마셨다. 그렇게 목을 축이곤 창밖을 바라보며 뒷짐을 지었다.

"앉게나."

"예."

영무장이 손님을 위한 의자에 앉았다. 눈앞에 서 있는 인물은 자신이 감히 고개조차 들기 어려울 정도의 신분을 지닌 인물이었다. 그렇기 때문에 놀라웠고 또 의외였다.

"호법원의 생활이 그립지 않나?"

영무장이 고개를 들었다. 사실 호법원이 그립기도 했다. 거기다 자신은 장로 급을 호위하던 무사가 아니었던가? 하지만 아이들이 커가는 모습에 호법원의 무사로서 지내던 그때가 사라지고 있었다.

"지금은 이 일이 즐겁습니다."

중년인이 고개를 끄덕이며 미소 지었다. 그리곤 신형을 돌리며 영무장을 향해 말했다.

"사실 다른 녀석들이 아이들을 빼내갈 때 난 관심이 없었네. 왜냐하면 인재를 어떻게 어릴 때의 모습만으로 판단할 수가 있단 말인가? 물론 특출난 녀석이라면 바로 알겠지. 하지만 덜 익은 열매를 보고 앞으로 그 열매에 벌레가 들어갈지 안 들어갈지는 알 수 없는 일이네. 그렇기 때문에 나는 뒷전에 있었지. 하지만 지금이라면 어느 정도 알 때가 되지 않았나 해서 이렇게 온 것이네."

영무장은 그 말에 잠시 생각에 빠졌다. 진심이었기 때문이다. 그렇다면 눈앞의 중년인이 흡족할 만한 대답을 해야 했다.

"오후에 정신교육이 있습니다. 그때 한번 아이들에게 이야기를 해주시면서 살펴보시는 것은 어떻겠습니까? 사실 제 눈이 아직 낮아 아이들을 구별할 수가 없습니다. 단순한 풍마도법을 가르침으로써 누가 특출난 인재인지 판단이 안 섭니다. 풍마도법은 단순한 초식으로만 이루어졌기에 누구나가 며칠 정도만 수련하면 다 할 수가 있는 도법입니다. 심법 또한 그저 가벼운 호흡법이기에 누구나 할 수가 있습니다."

"그렇군. 알겠네."

중년인이 고개를 끄덕였다. 그도 풍마도법에 대해서는 잘 알기 때문이다. 찌르기와 베기를 다섯 초식으로 나눈 것이기에 누구나 할 수 있는 도법이었다. 그 단순한 것조차 못한다면 바보일 것이다.

똑! 똑!

"무슨 일이냐?"

영무장이 인상을 찌푸리며 묻자 문이 열리며 젊은 청년 한 명이 깊게 허리를 숙였다.

"대화 중에 대단히 죄송합니다. 싸움이 일어났습니다."

중년인이 그 말에 눈을 빛냈다. 영무장이 놀라 일어섰다.

"그래? 누구와 누구의 싸움이냐?"

"삼조장과 칠조장의 싸움입니다."

영무장의 표정이 굳어지며 중년인을 바라보았다. 중년인의 표정을 살피기 위함이다. 중년인은 그저 턱수염을 쓰다듬고 있을 뿐이었다.

"가자."

영무장이 다급하게 밖으로 나가자 중년인이 미소 지으며 천천히 그 뒤를 따라 걸음을 옮겼다. 호기심이 생긴 것이다.

픽!

조금 작은 체구의 소년이 쓰러졌다. 이제 십오 세 정도의 소년은 피투성이가 된 얼굴로 상대를 노려보며 일어서려 했다.

"왜? 또 교두에게 가서 이르지 그래? 자존심도 없는 새끼 같으니라고."

십칠 세로 보이는 큰 키의 소년이 쓰러진 소년을 노려보며 이죽거렸다. 다른 아이들에 비해 성장이 빠른 듯 그 소년은 좀 커 보였다. 하지만 나이는 쓰러진 소년과 같은 나이였다.

"그만둬, 감우의."

쓰러진 소년의 옆으로 한 명의 소년이 모습을 보였다. 보통 체격의 소년은 다른 소년들에 비해 다른 점이 없었다. 하지만 눈동자만큼은 다른 소년들에 비해 차가웠다. 감우의는 앞으로 나선 소년을 바라보며 눈을 빛냈다.

"진일……."

감우의는 한 발 물러서다 이내 비웃음을 입가에 담았다.

"또 나서는 건가? 언제나 네놈은 내 앞에서 잘난 척 모습을 보이는데 이제는 내가 좀 더 큰 것 같은데? 덤비라고, 오늘 네놈의 얼굴에 피똥을 묻혀줄 테니까."

감우의가 주먹을 쥐며 자세를 잡자 진일은 주먹을 말아 쥐었다.

"이놈들!"

큰 목소리에 진일은 순간적으로 눈빛을 풀며 재빠르게 뒤로 물러나 주변을 둘러싼 사람들 틈으로 사라졌다. 빠른 동작이었다. 쓸데없는 싸움에 말려들고 싶지 않았기 때문이다.

거기다 폭력은 곧 벌로 이어진다. 겨우 누울 수 있는 독방에 일주일 동안 외부와 차단된 생활을 해야 한다. 그런 경험을 과거에도 몇 번 겪었기에 빠진 것이다.

"이게 무슨 짓들인가?"

영무장이 직접 나타나자 감우의와 피 흘리는 소년은 굳은 표정으로 서 있었다. 보통은 교두들이 와서 말리기 때문이다. 이렇게 영무장이 직접 오는 경우는 드물었다.

"하하하! 혈기가 왕성한 나이이니 당연히 그럴 수도 있는 것을 왜 그렇게 화를 내는가?"

영무장의 뒤로 한 명의 중년인이 천천히 모습을 보였다. 영무장은 허리를 숙였다.

"죄송합니다."

그 모습에 모두의 표정이 경직되었다. 영무장이 허리를 숙였기 때문이다. 고위 급 인사라는 게 확실했기 때문이다.

"좋은 인재군."

중년인은 감우의의 전신을 살피며 고개를 끄덕였다. 무엇보다 감우의의 손이 크다는 것이 마음에 들었다.

"후후."

문가에 기대선 감우의가 방 안을 바라보며 미소 짓고 있었다. 팔짱을 낀 그의 시선이 침상에 앉아 있는 진일에게 향했다. 진일은 그런 감우의를 바라보았다. 시선이 마주치자 감우의는 짙은 살기를 보이며 눈을 빛냈다.

방 안에 있던 다른 소년들이 심상치 않은 공기에 밖으로 나 갔다. 그런 그들을 감우의는 잡지 않았다. 볼일이 있는 것은 앉아 있는 한 명이었기 때문이다.

"오늘 이곳을 떠난다."

"그렇군."

진일은 별 관심 없다는 표정으로 침상에 팔베개를 한 채 누 웠다. 그 모습에 감우의는 인상을 찌푸렸으나 이내 미소 지었 다.

"이곳을 나오면 네놈은 내 부하가 된다는 소리지."

그 말에 진일은 고개를 돌렸다. 반응이 보이자 감우의는 눈 을 빛내며 말했다.

"아까 그 사람은 아주 높은 사람이라고 하더라. 한마디로 선택받았다는 뜻이다."

"축하한다."

진일은 담담히 말하며 고개를 돌렸다. 감우의를 상대로 오 래 대화하고 싶지 않았기 때문이다.

"네 녀석의 신분으론 절대 연서의 곁에 갈 수가 없어. 하지 만 나는 곧 같이 설 수가 있을 거야. 분명히. 무슨 뜻인지 알 아? 네놈은 이제 길이 없다는 뜻이야."

"……."

반응이 없는 진일의 모습에 감우의는 피식거리며 비웃듯 이 말했다.

"그래도 즐거웠다. 네 녀석이라도 있었으니까. 하지만 이제 안녕이구나. 다시는 얼굴 볼 일이 없겠지만 혹시라도 보게 되면 네 녀석을 지옥으로 보내주지. 그동안의 이자까지 합쳐서 말이야."

진일은 눈을 감으며 잠을 청했다. 낮잠을 자기 위함이다. 그 모습에 감우의는 팔짱을 풀며 밖으로 사라졌다. 그제야 진일은 눈을 뜨며 굳은 표정을 지었다.

"빌어먹을……."

저절로 욕이 흘러나왔다.

기회는 아무 때나 오는 것이 아니다. 그리고 그 기회가 사라졌다. 눈을 감자 자신을 이곳으로 보낸 종영영의 얼굴이 떠올랐다. 원수처럼 그 여자가 미워졌다. 모든 게 다 그 여자 때문에 이렇게 살게 된 것이라고 생각한 것이다.

第四章

동료들의 칼은 무거웠다

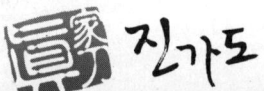
진가도

천문성에 들어간 것은 십칠 세가 되던 해였다. 오 년이란
긴 시간의 훈련을 모두 마치자 동마당에 배속되었다. 동마당
은 천문성의 가장 동쪽에 터를 잡고 있는 당으로 평상시에는
성의 동쪽 치안과 경비를 담당하고 있는 곳이었다.

　처음 이곳에 오자 운이 좋았다고 동료들이 말해주었다.
천문성 내의 칠당에 처음부터 소속되기란 쉬운 일이 아니라
고.

　그들의 말처럼 자신과 함께 공부하고 긴 시간 동안 함께했
던 대다수의 동료들은 천문성의 여러 분타로 배속받아 흩어
졌다.

동마당에는 자신 외에도 한 명이 더 왔다. 이름은 전성으로 훈련받는 동안에는 그리 친한 사이가 아니었다. 그래도 유일하게 같이 오게 되었기에 자연스럽게 친해지게 되었다.

처음 두 달간은 이곳의 생활에 적응하는 데 보냈다. 그렇게 두 달을 보내고서야 어느 정도 적응이 되었고, 다시 일 년이 지나자 이제는 익숙한 생활이 되었다.

가장 지루한 시간은 동문을 지키는 시간이었다. 하루 종일 하릴없이 가만히 서서 오고 가는 사람들을 쳐다보는 게 다였기 때문이다. 오가는 사람들의 신분을 검문하는 무사들은 당에서도 고참들이었고, 적어도 단주 급은 되어야 했기에 그저 서 있는 게 다였다.

가장 재미있고 즐거운 시간이라면 역시 성내를 돌아다니며 순찰을 하는 시간일 것이다. 처음에는 그저 묵묵히 아무것도 안 하고 돌기만 했는데 어느 정도 시간이 흐르자 적당히 돌면서 성내 사람들과 대화도 나누고 가끔 세상 돌아가는 이야기도 들으면서 주루에 앉아 식사도 즐길 수 있어서 좋았다.

아주 가끔 있는 사건들도 진일에게는 신기한 일 중 하나였다. 소매치기나 대낮부터 술을 먹고 행패를 부리는 사람들까지도 그저 신기하기만 하였다. 물론 그런 일이 생기면 가장 먼저 달려가 소란을 중지시키는 일을 해야 했다. 법신각의 무사들이 올 때까지 소란을 일으킨 사람을 확보하는 것이 그의 일이었기 때문이다.

가장 기분 좋은 일은 해가 지는 천문성의 중앙로에 서서 저 멀리 북쪽을 바라보는 일이었다. 북문 너머로 보이는 천문산의 중턱에는 높게 솟은 수많은 고루거각들이 떨어지는 햇살을 받아 붉게 빛나고 있었다. 그 모습은 근엄하면서도 아름다웠다. 그 모습을 볼 때마다 그곳에서 살고 싶다는 생각이 들었다. 하지만 지금은 어떤 방법을 써도 갈 수 없는 곳이었다. 그리고 그 안에는 그녀도 살고 있었다.

'연서가 살고 있는 곳⋯⋯.'

순찰이 끝날 시간이면 늘 이렇게 중앙로에 잠시 서서 북문을 바라보는 게 유일한 그의 낙이었다.

열아홉 살이 되던 해에 처음으로 임무가 떨어졌다. 총책임자는 부당주인 함충이었다. 삼십대 초반의 그는 얼굴에 두 줄기 흉터가 있는 사내였다. 인상을 쓰면 상당히 험악했고 싸움을 시작하면 마치 악귀처럼 상대를 도륙한다고 해서 악도라 불리는 사내였다.

새벽이 밝아오자 동마당의 오단과 육단이 동문을 빠져나가고 있었다. 그 속에는 육단에 소속된 진일도 있었고 옆에는 같은 나이의 전성이 어깨를 나란히 하고 있었다.

"어디로 가는지 알고 있어?"

전성은 약간 경직된 목소리였다. 처음으로 싸움터를 향해 간다는 사실 때문이다. 그 긴장감과 떨리는 기분은 진일도 느끼고 있었다.

"강서성으로 간다고만 들었는데."

"어제 우연히 들은 이야기론 천지검(天地劍)이 나타나서 우리가 가는 거라고 하던데…… 위에서도 움직인다고 들었어."

"천지검."

진일의 표정이 굳어졌다. 다른 생각은 떠오르지 않았다. 위에서 누가 가든 어떤 움직임이 있든 그게 중요한 것이 아니었다. 천지검만이 오직 머릿속을 맴돌았다. 천지검이 뜻하는 바가 무엇인지 잘 알기 때문이다.

"거기 둘, 조용."

앞서 걷던 선배가 고개를 돌리며 말하자 진일과 전성은 고개를 숙였다. 천지검에 대한 이야기가 흘러나왔기에 선배가 입을 막은 것이라고 여겼다.

'천하제일(天下第一) 천지검……'

진일의 눈에 욕망이 불타올랐다.

언제부터 그러한 전설이 내려왔는지 아무도 모른다. 그저 구전으로만 떠도는 소문일 뿐 아직까지 그 실체를 본 자는 아무도 없었다. 하지만 사람들은 그것이 현실에 존재한다고 믿고 있었다. 그리고 그것은 자신의 손에 분명히 떨어질 것이라고 생각했다.

강호의 무수히 많은 사람들이 모두 그러한 생각을 하면서 바라보는 단 하나의 전설, 그것이 천지검이다.

그러한 허상과도 같은 존재가 몇백 년 전부터 지금까지 강호에 떠돌고 있었다. 어쩌면 사람들이 만들어낸 최고가 되고 싶다는 욕망이 전설을 만들었을지도 모른다. 하지만 분명한 사실은 지금도 천지검으로 인해 무수히 많은 사람들이 죽어간다는 것이다.

"천하제일을 원한다면 천지검(天地劍)을 잡아라. 돈이 있을 것이고 권력이 있을 것이다. 천지검을 든 자는 곧 천하를 발아래 둘 것이며 오직 천지검만이 세상의 지존이다."

진일은 아직도 기억하고 있었다. 순찰을 돌던 중 시장통의 사람들이 하던 그 말을. 그때부터 천지검에 대한 욕망을 단 한 번도 버린 적이 없었다. 그것이 허구라 해도 상관없었다. 오직 자신의 손에 닿기만을 바랄 뿐.

누구나 꿈을 가지고 있었다. 그러한 꿈을 이루어줄 수 있는 강호상의 유일한 전설, 그 전설을 들었을 때 처음으로 느낀 그 감정은 영원히 잊지 못할 만큼 강렬한 유혹이었다.

바닥에 누워 어두운 밤하늘을 바라보고 있었다. 꿈이 있었기에 천지검이 필요했다. 하지만 이곳에 있는 모든 무사들도 같은 생각일 것이다. 그런 생각이 들자 문득 자기 자신이 우습다는 생각이 들었다. 그런 물건은 하늘에서 자신의 손으로 뚝 떨어지지 않는 이상 평생 동안 볼 수조차 없을 테니까. 그리고 오늘 밤은 천문성을 떠난 지 딱 보름이 되는 밤이었다.

"아직 안 자고 있어?"

"이제 자야지."

전성이 고개를 돌리며 말하자 진일은 눈을 감았다. 그러자 전성은 인상을 찌푸리다 진일의 그러한 성격에 익숙한지 하늘을 바라보며 말했다.

"내일 밤이면… 정말 사람을 죽여야 하는 거지?"

"……."

진일은 그 말에 대답할 수가 없었다. 자신도 전성과 같은 기분이었기 때문이다.

"무서워."

전성의 떨리는 목소리가 낮게 울렸다. 진일은 손을 뻗어 전성의 어깨를 움켜잡았다. 전성의 시선이 진일을 향했다. 진일은 그런 전성의 눈을 가만히 쳐다보았다. 달리 어떻게 할 수 있는 게 없었다.

그저 무의식중에 자신도 모르게 전성의 어깨를 잡은 것뿐이었다. 지금은 그렇게라도 해야 할 것 같았다.

잠시 그렇게 전성을 바라보던 진일은 곧 그의 어깨에서 손을 놓으며 모로 누웠다.

"죽지 마라."

진일의 목소리는 담담했다.

청도문(靑刀門).

강서성 남부에 위치한 군소 방파인 그곳은 큰 명성이 있는 곳도, 그렇다고 유명한 고수가 있는 곳도 아니었다.

하지만 청도문은 정도를 걷는 문파였으며, 문주인 정지도(情地刀) 영사훈(永師訓) 역시 다른 건 몰라도 인망만큼은 대단히 높은 인물이었다.

그런 청도문이 불에 타고 있었다. 그리고 이 사건으로 전문성과 사대세가연맹은 이 년 동안 싸우게 된다.

화르륵!

어두운 밤을 밝게 비추는 불꽃이 하늘 높이 솟구치고 있었다. 비명성이 메아리처럼 울리더니 불꽃과 함께 타올라 사라졌다. 또다시 하나의 건물이 불에 휩싸여 타올랐다.

"으악!"

"아아악!"

여자와 아이의 비명성이 건물 안에서 마치 파도처럼 밀려들었다.

"크윽!"

입술 사이로 핏물이 흘러내렸으며 눈동자는 충혈되어 터질 것처럼 타오르고 있었다. 진일은 온몸을 떨어야 했다. 그 속에서 들리는 비명성이 온몸을 때리고 있었기 때문이다. 마치 자신이 짐승이라도 된 것 같았다. 그러한 혐오감에 잠시 동안 멍하니 서 있었다.

"정신 차려!"

전성이 피를 뒤집어쓴 악귀의 얼굴로 어깨를 흔들었다. 진일의 공허한 시선이 전성을 향하였다.

쿠쿵!

자신이 불을 지른 건물의 기둥이 요란한 소리와 함께 무너져 내렸다. 그 소리와 함께 간신히 잡고 있던 이성이란 끈을 놓치고 말았다.

불꽃에 휩싸인 건물들 사이로 검은 그림자들이 서로를 베고 있었다. 역한 냄새가 진동했으며 사람들의 피가 건물을 붉게 물들이더니 불길이 치솟아올랐다.

"아이와 여자라도 베어야 한다! 단 하나의 생명이라도 이곳에 남기지 말아라!"

어딘가에서 들리는 외침이 허공중에 울렸다. 그 목소리가 마치 요란한 번개 소리처럼 가슴을 요동치게 만들었다. 진일은 자신도 모르게 천문성을 상징하는 기린이 수놓아진 왼 가슴을 움켜잡았다.

"아아악!"

담 너머로 들리는 비명 소리가 슬픈 울음처럼 들려왔다. 진일은 고개를 돌려 많은 무사들이 몰려가는 방향으로 뒤에 붙어 이동했다.

"천문성의 개 같은 잡종 놈들!"

원한에 사무친 목소리가 담장 너머 저 멀리서 하늘 높이 솟구쳤다.

"으아아압!"

날카로운 기합성이 울렸다. 본능적으로 고개를 돌리자 도를 머리 위로 들어 올린 무사가 바로 코앞까지 다가와 있었다. 진일의 눈에 비친 것은 자신을 죽이려 하는 악귀의 모습이었다. 베어야 했다.

본능적으로 몸이 움직였다. 아니, 십 년 가까이 몸으로 익힌 단순한 풍마도법이 저절로 몸과 함께 움직였다.

도신을 옆으로 돌려 허리 어림에서 양손으로 잡아 코앞까지 나타난 무사의 우측으로 상반신을 숙이며 배를 향해 횡으로 쳐갔다.

퍽!

"큭!"

무사의 눈동자가 부릅떠지는 순간 진일은 반원을 그리며 양 손목에 더욱 강한 힘을 주어 도를 끊어 치듯이 앞으로 밀었다.

서걱!

살이 베이는 섬뜩한 소리가 울리자 진일은 상체를 일으키며 쓰러진 무사의 얼굴을 바라보았다.

"쿨럭! 쿨럭!"

기침과 함께 피를 토하는 무사는 상체를 격렬하게 흔들고 있었다. 양손으로 배를 잡은 채 거칠게 숨을 몰아쉬고 있는 무사의 모습에 진일은 미미하게 어깨를 떨었다.

"흑! 죽기 싫어…… 흑! 흑!"

눈물로 얼룩진 무사의 얼굴은 어린 소년이었다. 자신보다 몇 살이나 더 어린 소년.

"네 이놈!"

우렁찬 외침에 놀란 진일이 고개를 돌렸다. 순간 거대한 호랑이가 마치 자신을 덮치는 느낌을 받았다.

호랑이 같은 기세의 사내는 앞을 막는 두 사내를 향해 그의 성난 도가 원을 그리며 휘감았다.

퍼퍽!

"크악!"

비명성이 울리고 피가 튀어 올랐다. 그 사이로 그 사내가 뛰쳐나오는 순간 진일은 움직여야 한다는 생각에 도를 들려 하였다. 하지만 발이 땅에 붙은 듯 움직이지 않고 있었다.

퍽!

헝클어진 머리카락 사이로 붉게 충혈된 눈을 빛내던 사내가 주춤거리며 고개를 숙였다. 배를 뚫고 나온 도날이 그의 눈에 잡히자 왼손이 저절로 그 도신을 움켜잡았다.

"크으윽!"

입을 뚫고 신음성을 내뱉은 사내의 눈이 강렬하게 빛났으며 온몸이 거대하게 펄럭이며 회전함과 동시에 도가 번뜩였다.

퍽!

등을 찌른 사내가 눈을 부릅뜬 채 영사훈을 바라보며 입을 벌렸다. 하지만 목을 반쯤 뚫고 들어온 도 때문에 말이 나오지 않았다. 마지막에 등을 뚫었을 때 이겼다는 생각이 들었다. 그 순간 잠시 방심하였다. 그것이 패인이었다. 도를 잡은 양손에 힘을 뺀 것이다. 그렇지 않았다면 영사훈이 몸을 돌려 자신의 목을 베지 못했을 것이다. 그런 생각이 마지막에 머리를 때리고 있었다.

팟!

도를 뺀 영사훈은 불꽃같이 타오르는 눈동자로 신형을 돌렸다.

쿵!

사내의 신형이 바닥에 힘없이 쓰러졌다. 영사훈은 그것을 확인한 후 고개를 돌려 진일을 쳐다보았다. 아니, 진일을 향하던 시선은 그 옆에 쓰러진 자신의 아들을 향하고 있었다. 영사훈의 양 어깨가 미미하게 떨리기 시작했다.

"크으으윽!"

입술 사이로 흘러나오는 신음성은 배를 뚫은 도의 고통도, 온몸에 난 상처의 고통도 아니었다. 마음의 고통이 소리가 되어 흘러나온 것이다.

주륵!

붉게 변한 그의 눈에서 피눈물이 흘러내렸다.

"이… 원한을… 어찌… 갚아야 한단 말인가……."

영사훈은 온몸을 떨며 천천히 진일을 향해 다가오기 시작했다. 진일은 온몸이 굳어 움직이지 못하고 있는 상태였다. 도를 손에 잡고는 있었지만 팔에 힘이 들어가지 않았다. 영사훈의 전신에서 뿜어져 나오는 기세가 그의 몸과 마음까지도 눌러 버렸기 때문이다.

"이… 원한을… 어찌… 갚아야 한단 말이더냐!"

"큭!"

진일은 저도 모르게 한 발 물러서며 몸을 떨었다. 영사훈의 신형이 어느새 코앞까지 다가왔기 때문이다. 영사훈은 도를 천천히 들었다. 그의 사나운 눈빛이 진일의 전신을 움켜잡았다.

"네가 마지막이다… 천문성……."

진일은 손에 힘을 주어 도를 더욱 굳게 움켜잡았다. 하지만 그뿐이었다. 움켜잡은 손은 그저 떨리기만 할 뿐 자신의 의지대로 움직여지지 않았다. 그저 도를 드는 영사훈의 모습을 바라만 볼 뿐이었다.

"기필코 갚으리라…… 기필코……."

슉!

영사훈의 도가 진일의 이마에 닿았다. 진일은 도가 이마에 닿았지만 그저 눈만 부릅뜰 뿐이었다. 차가운 쇠의 느낌이 이마를 타고 피부로 전해졌다.

그때였다, 영사훈의 눈동자를 감싸던 빛이 사라진 것은.

"크으윽!"

쿵!

신음과 함께 양 무릎을 바닥에 꿇은 영사훈은 고개를 들어 허공을 바라보았다. 축 늘어진 양손은 더 이상 힘이 들어가지 않고 있있으며 그의 눈은 여전히 피눈물과 함께 흔들리고 있었다.

"…천문… 성……."

털썩!

영사훈의 신형이 옆으로 쓰러졌다. 고요한 공기가 그의 마지막 음성 속에 섞여 장내를 휘감고 있었다.

"허억! 허억! 허억!"

거칠게 숨을 몰아쉬는 진일은 자리에 주저앉아 마음을 진정시키기 위해 노력하였다. 하지만 쉽게 진정이 되지 않았다. 고개를 들자 흠칫 놀라 눈을 부릅떴다. 영사훈이 도를 치켜든 채 자신을 노려보았기 때문이다.

하지만 그것은 환상일 뿐, 그 환영이 사라지자 어두운 밤하늘만이 눈에 들어왔다. 고개를 돌려 죽은 영사훈의 시체를 다시 한 번 확인하였다. 그제야 안심이 되는지 진일은 천천히 자리에서 일어섰다.

주르륵!

머리에서 피가 흘러내렸다. 그제야 이마의 고통과 전신의 고통이 온몸을 휘감기 시작하였다.

"으아아아아!"

저도 모르게 크게 소리친 진일은 벌떡 일어나 도를 들고는 영사훈의 시신을 향해 다가갔다. 죽은 영사훈의 모습은 초라하기 그지없었다. 온몸을 떨며 영사훈의 시신을 보던 진일은 도를 양손으로 잡아 가슴 앞으로 들어 올렸다.

"으아아압!"

퍽!

"살았나?"

담벼락에 기대어 앉아 있는 인영이 진일을 향해 눈을 반짝였다.

"전성."

진일은 그에게 다가가 상의를 벗어 배를 감싸려 하였다. 그런 진일의 손을 전성이 잡았다. 눈이 마주치자 전성은 고개를 저었다.

"늦었어."

"아직 아니야… 아직."

진일은 전성의 손을 뿌리쳤다. 그러자 전성이 비웃듯이 피식거리며 말했다.

"어차피 우리는 그저 버리는 쓰레기 같은 존재였던 거야… 우리는…….."

"……."

진일도 알고 있는 말이었다. 하지만 애써 그 말을 무시하며 전성의 상의를 풀어 가슴부터 배까지 흉물스럽게 입을 벌린 상처를 감싸기 시작했다. 전성은 그런 진일을 바라보며 다시 말했다.

"내 몫까지 살아라."

순간 진일의 동작이 멈추었다. 고개를 돌려 전성을 바라보자 둘의 시선이 허공에서 마주쳤다. 전성은 손을 들어 진일의 어깨를 만졌다. 피 묻은 그의 손이 어깨에 닿자 더없이 차갑게 느껴졌으나 진일은 그런 전성의 손을 잡으며 손에 힘을 주었다. 전성이 미소를 그렸다.

"미안…….."

"전성…….."

이내 고개를 떨구는 그의 모습에 진일의 눈동자가 흔들렸다. 표정은 굳어져 있었으나 눈에서 흘러내리는 눈물은 막을 수가 없었다.

"울고 있는 게 아니야."

진일은 온몸에 힘을 주어 그렇게 중얼거렸다. 우는 것이 아니라고, 그저 눈물이 자신의 의지와는 상관없이 저절로 흘러나오는 것이라고.

진일의 시선이 전성의 손에 쥐어진 도를 향했다. 가만히 그 도를 바라보던 진일은 곧 전성의 도를 잡아 들었다. 그리곤 일어나 주변을 둘러보았다. 많은 동료들의 시신이 눈에 들어왔다. 그 주변에 널브러진 도도 눈에 띄었다. 진일은 도신에 '천문'이란 글귀가 새겨진 도들을 챙기며 천천히 몸을 움직였다.

"함께 가야지… 함께……."

그의 목소리가 여운처럼 차가운 밤공기에 잠겨들었다.

헝클어진 머리카락으로 앞을 보며 걸었다. 그저 걷고 또 걸었다.

땅! 따딩!

땅에 끌리는 이백 개의 도가 서로 부딪치며 쇳소리를 만들고 있었다. 그 소리를 들으며 걸은 지 며칠은 된 것 같은 기분이 들었다. 그리고 저 멀리 드디어 자신의 목적지가 눈에 들어왔다. 거대하고 웅장한 성문이 눈에 밟히자 저절로 웃었다. 돌아왔기 때문이다. 순간 진일은 눈을 감으며 힘없이 바닥에 쓰러졌다.

조용한 실내에 홀로 앉아 있었다. 주변을 둘러보는 그의 시선에 잡히는 것은 생전 처음 보는 그림과 글귀들이 편액으로 걸려 있는 것과 단아하게 보이는 책들이 꽂혀 있는 서가의 모습이었다.

스륵!

발소리에 고개를 돌리자 어여쁜 소녀가 찻주전자와 찻잔을 들고 들어와 탁자에 내려놓고 공손히 차를 따랐다.

또르륵!

찻잔 속에 잠겨드는 그 맑은 소리가 침체되어 있던 정신을 깨우는 것 같았다.

"잠시만 더 기다려 주세요."

그렇게 말한 시비가 밖으로 나가자 고개를 돌려 창밖을 바라보았다. 은행나무 사이로 보이는 깨끗한 호수의 향기가 코로 스며들어 왔다. 동마당주의 얼굴이 머리를 스쳤다.

"문신각주님께서 직접 자네의 공로를 축하해 주신다네. 기뻐하게나. 아무나 만날 수 있는 분이 아니니 말이야."

"예? 무슨 말씀이신지……."

"공이 있으면 그 공을 인정받고 상을 받아야지. 자네의 공이 매우 커. 특히 자네는 동료들의 도를 가지고 돌아왔지. 그것도 다친 몸으로 이백 개를 모두 말이야. 그 행동이 강호에 퍼져 우리 천문성의 사기가 올라가게 되었네. 위에서는 자네의 그러한 행동에 깊이 감동한 모양이야. 어찌 되었든 축하하네, 부단주."

"……!"

"하하하! 놀라긴. 이 사람아, 새롭게 조직될 육단의 부단주는 당연히 자네의 자리라네."

고급스러운 찻잔을 만지던 진일은 성에 복귀한 지 벌써 보름이라는 시간이 흘렀다는 것을 알았다. 보름 만에 어느 정도 움직일 수 있게 되자 이렇게 문신각에 불려온 것이다. 가슴이 뛰었다. 처음으로 저 멀리서만 바라보았던 내성으로 들어왔기 때문이다.

"각주님께서 오셨습니다."

문밖에서 들리는 시비의 목소리에 진일은 자리에서 일어섰다. '사락!' 거리는 옷자락 스치는 소리가 옆으로 다가오자 고개를 숙였다. 숙인 눈으로 연보라색 치맛자락이 지나쳤다. 코를 스치는 향긋한 향기에 저도 모르게 고개를 들었다.

"……."

진일은 조금 놀란 눈으로 종영영의 얼굴을 쳐다보았다. 어릴 때 단 한 번 본 얼굴이 눈앞에 서 있었다.

서른 초반으로 보이는 종영영의 얼굴은 과거에 비해 변한 것이 없어 보였다. 조금 늙었다는 것 정도?

"앉게."

진일은 어릴 때 자신에게 말하던 종영영의 목소리와 얼굴을 상기하며 잠시 서 있었다. 그러다 종영영과 시선이 마주치자 자리에 앉았다.

"원래라면 포상금을 내리고 며칠 쉬게 하는 것으로 끝날 일이지만 그래도 직접 얼굴은 봐야 할 것 같아 불렀다."

종영영의 목소리는 조금 딱딱한 느낌이었다.

"이름은?"

"진일입니다."

이미 이름은 들어서 알고 있었지만 재차 다시 한 번 물어보는 그녀였다.

"특이한 성이로군. 진 씨는 그리 흔한 성이 아닌데……. 과거에 부모님은 무엇을 하셨나?"

"훗."

진일의 옅은 웃음소리에 종영영은 눈을 빛냈다.

"왜 웃지?"

조금 차가운 목소리의 물음이었다. 진일은 고개를 들어 종영영의 차가운 눈동자를 바라보며 말했다.

"십 년 전 제가 천문성에 처음 들어왔을 때 그때도 제게 그렇게 물어보셨지요. 같은 말을 다시 들으니 문득 저도 모르게 웃은 것뿐입니다. 오해하지 마십시오."

종영영은 아미를 찌푸리며 말했다.

"십 년 전이라……. 그때도 내가 같은 물음을 했었나……?"

가만히 중얼거린 종영영은 곧 자리에서 일어나 고민하는

표정으로 창밖을 쳐다보았다. 사층의 높이에서 쳐다보는 밖의 전경은 지붕들로 이루어진 숲이었다. 그 모습도 그리 나쁘지는 않았다. 높은 곳이 주는 경관이 사람의 마음을 부풀게 하기 때문이다.

"기억이 안 나는군. 워낙에 애들이 많았으니……. 특히나 그때는 대대적으로 아이들을 모을 때였으니까. 그중에 한 명이었나 보군."

종영영이 시선을 던지자 진일은 빠르게 대답했다.

"유연서라는 소녀와 함께 있었습니다."

"……!"

순간 종영영의 표정이 굳어졌다. 유연서라는 이름을 잘 알기 때문이었다. 그리고 지금 그 이름을 성에서 사용하는 사람은 단 한 명도 없었다. 오직 과거에 그 이름을 가졌던 소녀만 한 명 있을 뿐.

문득 한 명의 소년이 기억 속에 떠올랐다. 처음으로 망설였던 소년의 얼굴이었다. 그 소년의 얼굴과 진일의 얼굴이 교차되자 종영영은 눈을 반짝였다. 하지만 그것도 잠시였다. 그녀의 입술에 미소가 걸렸다. 지금까지와는 조금 다른 감정이 실린 미소였다. 기쁜 것인지 아니면 화가 난 것인지 모를 미소였다.

"그 아이였군."

진일은 종영영이 자신에 대한 기억을 떠올렸다는 것을 알자 조금 놀란 표정을 그렸다. 그러자 종영영이 미소 진 표정으로 말했다.

"아직 얼굴에 감정이 담기는 것으로 보아 훈련이 편했던 모양이군."

진일은 굳은 표정으로 시선을 돌렸다. 종영영은 그런 진일의 행동에 옅은 웃음소리를 흘리더니 뒷짐을 지곤 천천히 걸음을 옮겨 다가왔다. 그녀가 다가오자 짙은 화향이 향긋하게 마음을 적시기 시작했다. 사람의 마음을 편안하게 해주는 향기란 생각이 들었다. 지금까지 살면서 이렇게 좋은 향기를 맡아보긴 처음이었다.

"홀로 살아왔다는 것은 그만큼 강한 정신과 마음을 가졌다는 증거겠지. 자부심을 가져도 좋아. 또한 운이 좋았다는 뜻도 되겠지만 그 운이란 것 역시 실력의 반증이니 그것 또한 애착이 강하다는 증거. 그것은 사내가 갖추어야 할 최소한의 덕목이지."

탁! 탁!

어깨를 가볍게 두드린 종영영은 신형을 돌리며 서재로 갔다. 그 틈에 진일은 차를 한 잔 마셨다. 그리곤 다시 차를 따라 연거푸 두 잔을 마신 후에야 갈증이 사라지는 것 같은 기분이 들었다. 종영영의 기도를 견디기란 어려운 일이었기 때문이다.

슥!

종영영은 잠시 후 서재에서 책을 하나 꺼내 들고 다가와 진일의 앞에 내려놓았다. 진일이 시선을 던지자 종영영이 미소 지었다.

"풍마도법 후삼식이다. 포상으로 주는 것이니 이제부터는 매일 아침 이것을 익히도록 해라."

"예."

진일은 그저 고개를 숙이며 대답했다. 그 목소리에 열망이 담겨 있자 종영영은 고개를 끄덕이며 말했다.

"어찌 사람을 어릴 때의 모습만으로 판단할 수가 있겠느냐?"

진일이 그 말에 고개를 들었다. 시선이 마주치자 종영영이 곧 맞은편 의자에 앉으며 눈을 반짝였다.

"그것도 잠시 스치듯이 본 것만으로 판단한다는 것은 어려운 일이다. 아니, 말도 안 되는 일이지. 그 일을 하는 내내 나 자신에게 수없이 물었다. 과연 이 아이가 컸을 때 어떻게 변했을까? 내가 판단한 것이 과연 이 아이에게 도움이 되었을까? 결국 과반수는 죽더구나."

쓸쓸히 고개를 저으며 말한 종영영은 차를 살짝 입술에 적신 후 담담한 표정으로 진일을 바라보았다. 그 시선이 진일의 얼굴을 천천히 살피는 것 같았다.

진일은 일부러 시선을 피하지 않았다. 그녀의 눈빛이 조금 따뜻한 것 같았기 때문이다.

"지금의 네 모습을 보아하니 그때의 내 판단이 틀린 것 같구나."

"……?"

진일은 조금 눈을 크게 떴다. 그러자 종영영이 강렬한 눈동자로 다시 말했다.

"사람을 어떻게 어릴 때의 모습만으로 판단할 수가 있단 말이냐? 흙의 안쪽에 있는 금은 흙을 털지 않으면 모르는 법이다. 지금의 네 모습을 보니 탐이 나는구나. 내 양자가 돼볼 생각은 있느냐?"

"……!"

진일의 표정이 굳어졌다. 양자라는 의미가 어떤 무게를 가지고 있는지 잘 알기 때문이다. 그러자 종영영이 다시 말했다.

"네게는 야망이 보여. 위로 올라가고 싶다면 내 양자가 되는 편이 빠를 것이다."

"그건……."

진일은 망설이듯 입을 닫았다. 종영영은 잠시 무언가를 생각하는 듯 천천히 말했다.

"진일… 진일이라……. 남아의 이름치고는 너무 평범한 것 같구나."

"예?"

종영영은 진일의 반응조차 살피지 않고 혼자만의 생각에

잠긴 듯 그렇게 잠시 고민하더니 눈을 크게 뜨곤 밝은 표정으로 말했다.

"파랑(波狼)."

진일은 조금 놀란 듯 종영영을 쳐다보았다. 그러자 종영영은 이내 소리 죽여 웃더니 말했다.

"진파랑. 어떠냐? 남아라면 적어도 거칠어야겠지."

그녀의 말에 진일은 담담한 목소리로 대답했다.

"아직 부모님들이 제 기억 속에서 사라지지 않았습니다."

종영영은 그 말에 조금 실망한 표정을 보이더니 고개를 끄덕였다.

"갑작스러운 제안이었으니 당황했겠지. 하지만 언제라도 결정을 내린다면 찾아오거라."

"예."

진일의 대답에 종영영은 만족한 표정으로 고개를 끄덕였다. 눈앞에 앉아 있는 사내는 자신의 양자가 될 거란 확신이 있었기 때문이다.

며칠이 지난 후에 동마당의 육단 부단주가 되었다. 모자란 인원은 분타에서 경험 많은 무사들로 뽑았고, 우림각에서 새롭게 영입된 십대 후반의 소년들도 있었다. 그렇게 그들과 생활한 지 두 달이 지났을 때다. 동마당은 전 인원이 강서성으로 향하게 되었다.

강서 운중세가와의 싸움. 그 싸움을 치열했다. 그리고 그 싸움의 발단이 청도문의 괴멸이란 것도 후에 알게 된 사실이 었다.

천지검을 이용해 명분을 만들고 청도문을 멸문시킨 천문 성의 선공이었고, 사대세가연맹 중 하나인 운중세가가 직접 적으로 청도문과의 인연을 명분 삼아 천문성의 영역 확장을 막기 시작한 것이다. 그 싸움 중에 동마당의 모든 인원이 투 입되게 되었다.

어두운 밤하늘에 떠 있는 달빛만이 드넓은 유채밭을 비추 고 있을 때였다. 검은 그림자들이 사이로 누군가가 은빛으로 반짝이는 검을 땅에 박고 있었다.

퍽!

"크륵!"

목을 뚫고 들어간 검은 쓰러진 사내의 생명을 빼앗고 있었 다. 크게 몸을 진동시키듯 떨고 있는 사내를 쳐다보는 헝클어 진 사내의 눈동자는 붉게 충혈되어 있었다.

슥!

검을 비틀자 목이 뚫린 사내가 눈을 뒤집었다. 죽음을 완벽 하게 확인한 사내가 이내 검을 뽑으며 신형을 비틀거렸다.

"허억! 허억!"

거칠게 숨을 몰아쉬는 사내의 옷은 원래는 백색인 듯했으나 지금은 그저 붉은 옷으로 보일 뿐이었다. 자신의 피와 타인의 피가 섞여 더 이상 본래의 색을 유지하지 못하고 있었다.

퍽!

시체들이 쌓인 유채밭에 타육음이 울렸다. 사내의 시선이 그곳으로 향했다. 십여 장 너머로 자신과 같은 행동을 하는 사내가 눈에 들어왔다.

피로 얼룩진 두 사내의 시선이 허공에서 마주쳤다. 둘 다 헝클어진 머리카락을 늘어뜨리고 있었으며 붉게 물든 온몸으로 살기를 피우고 있었다. 하지만 다른 점이 있다면 그들이 들고 있는 무기였다. 한 사내는 검을 들고 있었으며 다른 한 사내는 투박한 박도를 손에 쥐고 있었다.

"나는 운씨세가의 운강이다. 네놈은?"

진일은 그 물음에 거칠게 숨을 몰아쉬다 곧 호흡을 가다듬으며 입을 열었다.

"동마당 육단 부단주 진일."

부단주라는 말에 운강은 눈을 반짝였다. 그리 실력이 뛰어나 보이지는 않았다. 단지 지금 살아 있는 놈은 오직 이놈 하나였다.

"혼자로군."

"그쪽도."

운강이 자세를 잡으려 하자 진일도 숨을 최대한 고르게 하며 자세를 잡아갔다. 그 순간 운강의 시선에 저 뒤로 보이는 검은 그림자들이 잡혔다.

삐이익!

진일은 하늘로 고개를 들었다. 푸른 섬광이 그의 눈을 따갑게 만들었다.

"운이 좋아. 정말 네놈은 운이 좋아."

운강은 검을 늘어뜨리며 눈을 반짝였다. 지금 싸우면 분명 눈앞에 서 있는 진일을 죽일 자신이 있었다. 하지만 자신은 지원 온 천문성의 무사들에게 고슴도치가 될 것이다. 그저 동마당을 단 한 명의 생존자만 남겨놓고 괴멸시킨 것에 만족해야 했다.

물론 자신의 무사들도 전멸하였다. 하지만 이백이란 수로 육백에 달하는 동마당의 무사들과 싸운 것이다.

거기다 자신이 살아 있는 이상 운중세가에는 아무런 피해가 없는 것이나 마찬가지였다. 죽은 무사들은 시간이 다소 걸리겠지만 다시 모집하고 훈련시키면 그만이었다.

슥!

운강이 신형을 돌리며 빠르게 달려나갔다. 도망친 것이다.

그 모습을 쳐다보다 운강의 모습이 완전히 눈에서 사라진 후에야 바닥에 천천히 몸을 눕혔다.

"크으윽!"

전신에서 밀려드는 고통이 그제야 참을 수 없는 아픔을 전하기 시작하였다.

*　　　　*　　　　*

잠시 졸았을까? 진일은 눈을 비비며 일어나 창밖으로 시선을 던졌다. 따가운 햇살이 피부를 자극시키자 인상을 찌푸렸다.

"그때 이후였던가……."

진일은 과거에 동마당이 괴멸되던 싸움을 떠올렸다. 그때 이후 동마당의 단주가 되었고, 지금은 흑룡당의 단주가 되었다.

"당주님."

조당이 급한 발걸음으로 안으로 들어왔다. 진일과 눈이 마주치자 조당은 빠르게 말했다.

"급하게 총당으로 오시랍니다."

"총당에서?"

조당이 고개를 끄덕이자 진일은 자리에서 일어나 복장을 챙기기 시작했다.

"자네도 가지."

"예? 에이, 귀찮게시리. 거기 가면 몇 번이나 고개를 숙여야 하는데……."

조당이 웃으며 뒤로 걸음을 옮기자 진일은 웃으며 조당의 어깨를 잡았다.

　"가자."

　조당의 이마에 깊은 주름이 그려졌다.

　"예."

第五章
천하제일림(天下第一林)

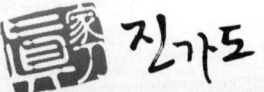

해남도는 중원의 사람들이 생각하는 것 이상으로 엄청난 크기의 섬이었고, 또 하나의 대륙이라고 봐도 무방할 정도로 많은 사람들이 살고 있는 곳이었다. 섬이라는 특성상 관에서의 관리가 그리 원활하게 이루어지지 않았기 때문에 오래전부터 그곳의 법이라고 할 수 있는 사대세가가 나누어 다스리고 있었다. 그 사대세가를 모두 합쳐 중원에서는 해남파라 부르고 있었다.

통칭 해남파라 하면 과거 선인이 되었다던 오지산(五指山) 일대의 도인들이었을 것이다. 하지만 지금은 그곳에 오지산의 주인으로 오래전부터 생활해 온 오씨세가가 자리를 잡고 있었다.

지금은 대륙과 가장 가까운 북부의 큰 성인 해구(海口)부터 섬의 동북부를 모두 관장하는 강씨세가가 가장 큰 위세를 떨치고 있었다. 그들은 대륙과 활발한 교류를 하고 있는 상인들로 해남도에서 가장 큰 부를 축적하고 있었다.

남씨세가는 해남도의 남부 해안가를 모두 차지하는 집안으로 남해방(南海幇)이라는 해적들을 대대로 다스리며 바다의 왕처럼 군림하고 있었다.

마지막으로 해남도의 서편을 차지하고 있는 구씨세가는 해남도의 절반 가까이 그 영향력을 행사하고 있는 집안으로 동북부의 강씨와 남부 지역의 남해방 영역을 제외한 거의 모든 해남도를 장악하고 있었다.

현재의 해남도는 오씨세가를 제외한 삼대세가의 힘 겨루기가 은연중에 있는 곳이었다. 그렇다고 대놓고 해남도의 패권을 다툴 수는 없었다. 해남도의 정중앙에 위치한 오지산의 오씨세가가 내려다보고 있었기 때문이다.

오씨세가야말로 해남도의 중심이었고 해남파라 불리는 실체였다. 그러한 오씨세가의 무공들이 삼대세가로 흘러들어 가면서 그들의 힘이 강해진 것이다. 그렇기 때문에 삼대세가는 오씨세가를 스승처럼 모시고 있었다.

해남도에서 가장 많은 인구가 모여 사는 해구진의 부둣가에는 수많은 배들이 오가고 있었다. 하루에도 수천의 사람들이 오고 가는 곳인만큼 낮에는 사람들로 인산인해를 이루고 있었다. 그런 사람들이 어느 순간 한곳을 응시하였다. 조금 떨어진 강씨세가의 부둣가에서 십여 척의 범선이 출발하였기 때문이다.

그들이 출발하는 모습에 사람들은 저마다 무슨 큰일이라도 난 것처럼 떠들기 시작하였다. 저렇게 많은 배가 한꺼번에 움직이는 경우가 거의 없었기 때문이다.

해구를 출발한 지 반나절 만에 바다를 떠가던 배 중 하나가 따로 선단에서 이탈하여 선미를 북으로 돌렸다. 본래의 목적지는 광주였으나 그 하나의 배만큼은 목적지가 다른 것으로 보였다. 그렇게 그 하나의 배만이 북으로 움직여 해안선 사이로 사라졌다.

며칠이 지난 후 홀로 떨어져서 바다를 거슬러 올라가던 배가 양주에 모습을 보였다. 광주에서 남으로 한참이나 떨어진 곳에 위치한 양주는 해남도와 마주하고 있는 진강현과 광주의 중앙쯤에 위치한 도시로 꽤나 큰 도시였다. 이곳 역시 해남파의 절대적인 영향력을 받고 있는 도시 중 하나였다.

범선이 정박하자 수많은 사람들이 이리저리 오가며 일을 하였고, 그 사이로 범상치 않은 눈빛을 던지는 백색 비단 장포의 청년과 그 뒤로 오십여 명의 인물이 미리 마련된 마차와 말 위에 올라탔다.

"출발!"

마부석에 앉은 무사가 외치자 곧 마차와 말들이 천천히 이동하기 시작하였다.

오 일 정도 북으로 이동한 마차와 말은 운무산맥을 지나가고 있었다. 운무산맥은 광동성 남부에 자리 잡은 산맥으로 그리 높지 않은 산들이 짙은 푸름을 과시하며 펼쳐진 밀림의 산이었다. 안개가 자주 끼는 곳으로 광동성의 서남부 지역 일대가 이 운무산맥의 영역 안이었다.

운무산맥을 거의 빠져나온 마차와 말들은 안개 너머로 보이는 작은 문 앞까지 이동하였다. 곧 마차의 문이 열리고 청년이 내렸으며, 말에서는 사람들이 내려와 청년의 뒤를 따랐다.

끼이익!

을씨년스러운 소음과 함께 문이 열리자 청년은 주저없이 안으로 들어갔다.

톡! 톡!

탁자를 조용히 치고 있는 손가락은 평범한 손가락에 비해 붉었다. 아니, 그 손 자체가 전체적으로 붉은색을 띠고 있었는데, 선이 얇은 것으로 보아 여인의 손처럼 느껴졌다. 무엇보다 탁자를 때리는 그 손가락 끝의 손톱이 너무 붉어 마치 피를 모아 담은 것 같은 색을 띠고 있었다.

붉은 핏빛의 손톱과 붉은 손은 그렇게 탁자를 조용히 치고 있었다.

"오셨습니다."

탁자를 두드리던 손가락이 멈췄다.

"모셔."

낮은 목소리는 비음이 조금 섞인 귀여운 구석이 있는 소녀의 목소리 같았다.

드륵!

문이 열리는 소리가 울린 후에 조금 시간을 두고 젊은 청년이 모습을 보였다. 이십대 중반으로 보이는 청년은 백옥 같은 피부에 여성스럽게 생긴 눈과 선을 가진 미남자였다. 그는 들어오자마자 잠시 눈을 빛냈다. 뭐라고 해야 할까? 분위기가 이상야릇하다고 해야 할까? 한 번 보면 절대 잊지 못할 것 같은 인상. 맞은편에 앉아 있는 붉은 인영의 모습을 청년을 짧은 시간에 살폈다.

그녀는 머리카락부터 옷자락까지 모두 붉은색이었다. 거기다 약간 붉은 기가 감도는 호면(狐面)으로 얼굴을 가려서인지 더욱 기묘한 느낌이 들었다.

"강풍이라 하오."

"내가 셋째라 셋째를 보낸 것인가요? 아니면… 내가 여자이기에 해남제일의 미남을 보낸 것인가요?"

"나는 아직 당신의 이름을 모르오."

"이거 실례. 마애라고 해요."

강풍은 눈을 빛내며 그녀의 손을 살폈다. 들리는 소문 때문이다. 역시나 그녀의 손은 피처럼 붉은색을 띠고 있었다. 무엇보다 그 손톱이 날카롭게 보였다.

"앉으세요."

마애의 말에 강풍은 여우 가면을 쳐다보며 그녀의 눈동자를 읽으려 하였다. 하지만 흐릿하게만 보일 뿐 아무것도 눈에 들어오는 것은 없었다. 그래서 기분이 나빠졌다.

슥!

의자에 앉자 마애의 목소리가 여우 가면 너머에서 들려왔다.

"해남파를 이끌어갈 젊은 오 인을 오검수라 하는데… 가장 무서운 인물이 마검수요, 가장 미남자가 풍검수라…….."

강풍은 자신의 별호를 말하자 흐릿하게 미소를 그렸다.

"독선문에서 가장 조심해야 할 자는 일제자도 아닌 삼제자라 들었소이다. 수라혈수(修羅血手)… 마음에 안 들면 나도 죽일 생각이오?"

"그럴 리가 있나요. 우리는 위에서 시킨 일이 있는데 싸우면 안 되지요."

여우 가면의 목소리에는 조금 화난 마음이 담겨져 있었다. 강풍은 그것이 별호를 불렀기 때문에 그럴 것이라 예상했다. 어떤 여자라도 그러한 별호로 불린다면 기분이 좋지 못할 것이다. 그런 생각을 할 때 마애의 목소리가 다시 들렸다.

"우리의 목적을 이야기하기 앞서 말해두겠지만… 앞으로 는 별호 말고 마 소저라고 하세요."

"그렇게 하겠소."

강풍은 거부없이 대답했다. 더 이상 신경에 거슬리는 행동 을 할 필요가 없다고 판단했기 때문이다.

"본론으로 들어가지요."

"그렇게 합시다."

마애의 말에 강풍이 동의하였다. 그러자 마애는 소매에서 서찰을 하나 꺼내 펼치며 말했다.

"문주님의 직인이 찍힌 것이에요."

"가주님의 직인이 찍힌 것이오."

강풍도 소매에서 서찰을 하나 꺼내 펼치며 직인을 보였다. 둘은 곧 고개를 끄덕이며 서찰을 교환하였다.

"서로의 포로 열 명이 교환되는 것이니 경사라면 경사라고 할 수 있겠소."

서찰을 읽은 후 소매에 넣은 강풍이 빠르게 말하자 마애가 고개를 끄덕였다.

"그렇겠지요."

마애도 대답하며 서찰을 소매에 넣었다.

"이번 싸움으로 인해 천문성과 전면전을 하게 될지도 모르 오."

"이미 각오한 일이 아닌가요?"

강풍은 인상을 굳혔다.

"광동성을 놓고 그들과 싸우기에는 힘든 일이에요. 우리와 해남이 손을 잡아야만 겨우 어느 정도 평수를 이룰 수가 있을까… 단독으로 그들을 상대하기란 계란으로 바위 치는 격이지요."

"우리가 손을 잡은 것도 그 이유가 아니겠소? 힘의 축이 한쪽으로 너무 기운 것이 문제요. 거기다 광동성은 세 문파가 힘 겨루기를 하기엔 너무 작소이다."

"셋이 가지기엔 작아도 둘이 가지기엔 충분하지 않나요?"

강풍이 그 말에 미소를 그리며 대답했다.

"둘이 먹기에는 충분한 곳이오."

마애가 고개를 끄덕이며 물었다.

"그런데 이번 회담은 어떻게 할 생각인가요?"

"모두 죽일 것이오."

"쉽게 될지……. 특히 걱정되는 건 이번 회담에 오는 자가 강남쌍미 중 한 명인 홍수려. 해남의 남자들이 과연 그녀를 쉽게 죽일 수가 있을까요? 미모 때문에 손이 멈출 터인데?"

강풍이 그 말에 굳은 표정으로 차갑게 눈을 빛내며 말했다.

"우리가 못 죽이고 포로로 잡는다면 당신이 죽이시오."

"후… 후후… 호호홋!"

가볍게 웃던 마애가 이내 목소리를 높이며 기쁜 듯이 웃었다. 정말 기쁜지 그녀는 어깨를 미미하게 흔들더니 곧 기대에 찬 목소리로 말했다.

"내 소원 중에 하나가 강남쌍미의 인피를 모두 구하는 것이었는데… 생각지도 못한 기쁨을 얻게 되었군요."

강풍의 인상이 굳어졌다. 생각지도 못했던 말이 나왔기 때문이다.

'잔인한 여자로군.'

저절로 그런 생각이 머리를 스쳤다.

강풍이 나간 후 마애는 홀로 앉아 있었다.

"떠났습니다."

시비의 목소리에 마애는 자리에서 일어섰다. 강풍이 해남도 사람이라 그런지 비릿한 생선 냄새가 난다는 기분이 들었다.

"아직도 지저분한 바다 냄새가 떠나지 않고 있어."

"천화향이라도 뿌릴까요?"

시비의 물음에 마애는 고개를 저었다.

"어차피 떠날 곳인데 그렇게 낭비할 필요는 없지. 출발하기 전에 목욕이라도 하고 가야겠어. 큰언니의 코는 개코라 비린내를 풍기면 분명 경을 칠 테니까."

"준비하겠습니다."

시비의 목소리에 마애가 고개를 끄덕였다.

      *   *   *

해남도를 출발한 선단이 광주만에 들어선 지 얼마 지나지 않았을 때다. 진일은 조당과 함께 루애산의 총당에 모습을 보였다.

"마치 거대한 산적 소굴 같군요."

"우리도 마찬가지지."

진일은 그 말에 피식거리며 안으로 들어갔다. 루애산의 중턱에 자리한 총당은 수많은 목책들로 이루어져 있었고, 그 안에 작은 장원이 하나 있었는데 그곳이 당주가 거처하는 곳이었다.

장원의 담장과 정문을 지키고 서 있는 무사들이 눈에 들어오자 진일은 조당과 함께 문 앞에 섰다. 문을 막고 있는 무사들에게 진일은 패를 보여주었다. 동으로 만든 원형의 패였는데 그것을 보이자 그들은 허리를 숙였다.

"삼단주를 뵙습니다."

문을 열어주자 진일은 안으로 걸어 들어갔다. 그러자 아담하게 생긴 건물들과 작은 마당이 눈에 들어왔다.

"오랜만이군."

진일은 낮게 중얼거리며 익숙한 걸음으로 당주의 집무실로 들어갔다.

집무실 안 가장 상석에는 원당혁이 앉아 있었고 사각의 긴 탁자 위에는 지도가 그려져 있었는데, 광동 지방의 지도였다. 그 위에 여러 개의 삼색 깃발이 작은 말과 함께 일정한 위치에 서 있었다. 그 주변으로 여덟 명이 앉아 있었으며, 당주의 옆에는 묵청이 서서 차가운 표정으로 눈을 빛내고 있었다.

"두 달 후에 있을 해남파와의 회담에서 가장 중요한 것은 어디까지 서로의 선을 그어 영향력을 행사하는가이오. 한 가지 확실한 것은 이번 회담이 끝나면 우리 천문성은 이곳 루애산까지 그 영향력을 완전하게 행사하게 된다는 것이오."

"그렇게 된다면 광동 북부의 여러 군소 방파들이 새롭게 천문성에 들어오는 것입니까?"

"살고 싶다면 그렇게 할 것이오."

묵청이 바로 앞에 앉아 있는 일단주의 물음에 대답했다. 일단주는 조금 큰 덩치에 둥근 얼굴을 하고 있는 삼십대 초반의 인물로 인상이 좋아 보였다. 그들의 말에 원당혁이 입을 열었다.

"어차피 해남파가 원하는 것은 광주뿐, 그들은 그곳을 사수하기 위해 전력을 다할 것이 분명한데 큰 피해를 감수하면서 우리가 싸울 필요는 없지 않겠는가? 적당한 선에서 타협하는 것이 옳은 일이지. 우리는 그저 아무것도 안 하고 루애산까지의 모든 상권을 장악하면 그만이네. 위에서 원하는 것도 피보다는 적당한 타협이겠지."

그의 말에 모두들 고개를 끄덕이며 수긍하였다.

"분쟁도 그들은 싫어할 것이고… 우리 역시 쓸데없는 피를 흘리고 싶지 않으니 해남파와 회담을 하는 것이 아니겠는가? 아무튼 두 달 후에 있을 회담까지 모두 정리하고 이곳으로 모이게. 회담 때에는 우리 흑룡당 전원이 이곳에 서서 해남파를 맞이해야 할 테니까. 위세를 보여야 하지 않겠나? 하하하!"

원당혁이 가볍게 웃어 보이자 분위기가 활기차게 변하였다.

"우리는 이번 회담이 끝나면 금릉으로 가게 될 것이네. 혈기맹하고의 대치를 분타가 아닌 우리보고 하라는 위의 지시가 있었네. 금릉은 이곳에 비해 천국이 아닌가? 금릉의 아름다운 처녀들을 생각하면서 참아주게."

"오오!"

"이것 참 좋은 소식이군요!"

금릉이란 말에 모두의 안색이 더없이 밝아졌다. 그곳의 생활은 다른 여타의 곳보다 훨씬 좋았기 때문이다. 이내 시끄러운 소음이 이어지기 시작하였다. 단주들이 떠드는 소리였다.

"그래도 혹시 모르니 다들 긴장하도록. 재수없으면 해남파와 싸워야 할지도 모르니까."

묵청의 차가운 목소리가 흘러나오자 주변의 공기가 순간적으로 싸늘하게 냉각되었다. 어디서나 초를 치는 사람은 늘 있는 법이다.

사람들이 모두 나가자 원당혁이 진일을 잡았다.

"삼단주는 잠시 기다리게."

진일은 일어서다 말고 다시 자리에 앉았다. 묵청은 그런 진일을 잠시 바라보다 원당혁의 손짓에 밖으로 나갔다.

햇살이 어두운 그림자를 만들고 있는 넓은 실내에 둘만이 앉아 있었다. 고요한 침묵이 무겁게 주변을 맴돌기 시작하였다.

"아가씨께서 계림을 보고 싶다고 하셨네."

"……?"

진일이 시선을 돌려 원당혁을 쳐다보자 원당혁은 가벼운 미소를 그렸다.

"도착하시면 자네가 아가씨를 모시고 계림을 안내하게나."

"제가 말입니까?"

"그래."

원당혁이 고개를 끄덕였다. 진일이 잠시 그 말에 인상을 찌푸리자 원당혁은 다시 말했다.

"마음 같아서는 내가 직접 하고 싶지만 아가씨께서 자네를 지목하셨네. 삼단주에게 호위를 받겠다고 말이야."

진일은 대답하지 못하고 눈살을 찌푸렸다. 다른 이유가 있어서 그런 것은 아니다. 만약 계림을 안내하다 조금이라도 아가씨가 다친다면 그 책임이 자신에게 있기 때문이다.

"계림은 알다시피 우리와 독선문의 경계라고 보면 될 것이네. 독선문의 눈도 있고 하니 대놓고 많은 인원의 무사를 끌고 다닐 수는 없네."

"그럼 단독 호위입니까?"

굳은 표정으로 묻는 진일에게 원당혁이 웃으며 대답했다.

"그럴 리가 있겠는가? 보름 후에 아가씨는 계림에 호위무사들과 도착할 걸세. 자네는 그저 그곳에 가서 아가씨를 안내하고 회담 전까지 이곳으로 오면 그만이야. 간단하면서도 쉬운 일이지 않은가?"

"어려운 일입니다."

그 말에 원당혁이 자리에서 일어나 진일의 어깨를 두드리며 말했다.

"원래 윗사람들 모시는 게 세상에서 가장 힘들고 어려운 일이라네. 자네의 잘못이 있다면 싸움터에서 살아 돌아와 꽤나 이름을 알렸다는 것 정도겠지. 다 이름값이라고 생각하게, 귀환도(歸還刀) 진일."

"예."

진일의 대답에 만족한 표정으로 원당혁이 뒷짐을 지며 다시 말했다.

"남은 일은 부단주에게 맡기고 떠날 준비를 하게."

"알겠습니다."

진일은 곧 자리에서 일어섰다. 그리곤 원당혁에게 인사하고 밖으로 나가자 문밖에서 기다리고 있던 묵청과 마주쳤다.

"말은 준비했으니 마구간으로 가게. 다른 일은 내가 직접 부단주에게 일임할 터이니."

"감사합니다."

포권하는 진일에게 묵청이 다시 각인시키듯 차갑고 낮게 말했다.

"자네가 흑룡당을 대표하는 것이니 아가씨에게 누가 되는 일이 없도록."

"명심하겠습니다."

묵청은 고개를 끄덕이며 가볍게 눈웃음을 그렸다. 그러다 진일의 귀에 가까이 다가와 낮게 다시 말했다.

"미모에 반해 흑심을 가졌다간 바로 목이 날아갈 걸세."

"……."

조당에게 인사도 못하고 급하게 말을 타고 총당에서 나와야 했다. 보름이라는 시간이 그리 넉넉한 시간이 아니었기에 총당에서는 급하게 가라고 한 것이다. 흑룡당에서 볼 때 홍수려의 위치는 하늘 같았기에 며칠 전에 도착해서 미리 준비라도 해야 했던 것이다. 윗사람이 나오면 역시나 아랫사람이 힘들어지게 마련이다.

"계림이라……. 처음 가는 곳인가?"

진일은 왠지 모르게 가슴이 뛰는 듯했다. 여행이란 그렇게 사람의 기분을 들뜨게 만드는 법이다.

　과거부터 풍광 좋기로 소문난 곳이 몇 군데 있었는데, 그중
에 하나가 계림이었다. 계림은 천하에서 가장 아름다운 숲으
로 소문난 곳이었다. 수많은 시인묵객이 계림에 온 이후 이곳
의 아름다움에 반해 환갑까지 살다 떠난다는 말도 있었다.
　나이가 들 때까지 이곳에 살다 결국 죽을 때가 돼서야 고향
으로 돌아간다는 말이었다. 그만큼 유명하고 아름다운 곳이
었다.

　"이곳에선 새가 고기를 잡아주는데, 그 고기가 바로 이 붕
어지요."
　주루에 앉아 찜 요리를 시키자 점소이가 설명하며 접시를
내려놓았다. 진일은 아직까지 소문만 들었지 정말 새를 이용
해 낚시를 하는 어부를 본 적이 없기에 점소이가 장난을 치는
것이라 여겼다.
　식사를 마치고 분타로 향했다. 분타에서 밥을 먹기에는 애
매한 시간이었기에 끼니는 주루에서 때운 것이다.
　말을 타고 이동하다 잠시 말을 멈추었다. 중심가를 관통하
는 이강에서 어부가 가마우지 두 마리를 배에 태우고 있었기
때문이다.
　'진짜인가?'

호기심에 말에서 내려 가만히 그 어부의 모습을 살펴보았
다. 그러던 잠시 후 눈을 부릅떴다.

"허……."

자신도 모르게 감탄했다. 새가 어떻게 주인에게 잡은 고기
를 준단 말인가?

"저 모습을 처음 보면 누구나 그렇게 감탄해요."

진일은 그 말에 고개를 돌렸다. 오색 빛깔의 화려한 옷을
입은 여인이 눈에 들어왔다. 약간 갈색의 피부에 짙은 흑발을
늘어뜨린 그녀는 목에 여러 개의 진주 목걸이와 손에는 호박
으로 만든 누런 팔찌를 다섯 개 정도 양 손목에 차고 있었는
데 한눈에 보기에도 묘족 여자임을 알 수 있었다. 그중에서도
가장 눈에 띄는 것은 잘록한 허리에 요대처럼 차고 있는 묵색
의 채찍이었다. 마치 뱀의 비늘처럼 보이는 그 번들거림이 조
금은 무섭게 느껴졌다.

진일은 그녀와 눈이 마주치자 시선을 돌려 멀어지는 어부
의 모습을 좇았다.

"좀 전에 주루에서 점소이가 했던 말이 거짓말이라 생각했
는데 사실이었소."

"무슨 말을 했나요?"

"이곳에선 새가 고기를 잡아준다고 말이오."

"아하……."

가볍게 웃음을 보이는 그녀의 모습이 상당히 미인이란 생

각이 들었다. 아니, 고혹적이라고 해야 할까? 미묘한 분위기를 풍기는 여자였다. 그래서일까? 약간의 의구심과 경계심이 마음에서 일어났다.

"이곳 사람은 아니군요."

"광주에서 왔소."

"광주?"

그녀가 눈을 살짝 빛냈다. 그러던 그녀의 시선이 진일의 얼굴을 세세히 살피다 말했다.

"거짓말."

진일의 안색이 굳어졌다. 순간적으로 내뱉은 그녀의 말에 가슴이 찔렸기 때문이다. 그러한 표정을 읽은 그녀가 피식거리며 이강으로 시선을 던졌다. 마침 그때 수십 마리의 오리 떼가 이강 위로 지나가고 있었다. 그 모습이 상당히 재미있기에 진일도 그곳으로 시선을 던졌다.

"광주 사람의 특징은 냄새가 난다는 거예요."

"……?"

진일의 시선이 다시 그녀로 향했다.

"비릿한 바다 냄새."

진일은 그 말에 자신의 소매를 들어 냄새를 맡아보았다. 하지만 자신에게는 그러한 냄새가 없었다. 그저 땀 냄새가 날 뿐.

"거기다 광주 사람이 이곳에 오는데 그렇게 허리에 칼을 차고 다닐까요?"

그녀의 시선이 자신의 허리에 달려 있는 유엽도를 향하자 진일은 그제야 그녀의 접근이 이해가 되었다. 아마도 무림인에 대한 경계일 것이다.

"광주 사람이 아닌 것은 인정하지만 무림인도 아니오. 이건 그냥 호신용일 뿐. 이런 거라도 차고 있으면 쓸데없는 싸움을 피할 수가 있으니 말이오."

"시정잡배들이야 조심하겠지만… 일반인이 차고 다니기엔 위험한 물건이에요."

"하하! 그것도 그렇소."

진일의 대답에 그녀는 가볍게 미소를 보이며 신형을 돌렸다.

"이름을 묻지 않았군요. 저는 임정이라 해요."

"철사향……."

순간 진일의 안색이 굳어지자 임정은 긴 속눈썹을 몇 번 깜박이며 요염한 미소를 보였다.

"역시 무림인이군."

그녀의 말에 진일은 한 발 물러섰다. 순간적으로 느껴진 그녀의 기도가 강렬했기 때문이다.

"겁이 많은 분이군요."

그녀의 말이 다시 들리자 진일은 자신이 조금 경솔했다는 기분이 들었다. 조금 창피하다는 생각도 들었지만 그녀의 이름을 듣고 놀라지 않을 자신 또한 없었기 때문에 어깨를 펴며 말했다.

"워낙에 유명한 이름이라 놀랐을 뿐이오."

"그런가요?"

"임 소저의 이름을 모르는 사람이 이 근방에 있겠소?"

"그것도 그렇군요. 그런데 이름은 말 안 하나요?"

"진일이오."

임정이 고개를 끄덕이다 차갑게 눈을 빛냈다.

"제가 누구인지 알면서도 진 소협은 아직도 제 반 장 안에 있군요."

"……!"

순간 진일은 놀라 도의 손잡이를 잡으며 뒤로 두어 발 물러섰다.

"하하하하!"

임정이 진일의 행동에 파안대소를 흘리며 배를 잡고 허리를 살짝 숙였다. 눈물까지 나는지 허리를 펴며 눈을 손으로 훔쳤다.

"순진하군요."

그렇게 말한 임정은 웃음을 흘리며 빠른 걸음으로 진일의 눈앞에서 사라져 갔다. 진일은 자신이 놀림당했다는 기분이 들자 어이가 없었다. 임정의 순진하다는 말이 계속해서 귀를 때렸다. 마치 십 년 전의 소년이 된 기분이 들었다.

고개를 저으며 씁쓸히 숨을 내쉰 진일은 말에 올라탔다. 그러다 생각난 듯 자신의 몸 여기저기를 살폈다. 혹시라도 독에 중독되었는지 확인하기 위해서였다.

'구독곡에서 이곳 계림으로 이동한 것인가? 그렇다면 다행이지만……'

진일은 그녀가 구독곡에 없다는 이유만으로 크게 안심하였다. 해남파와 협약을 맺을 때 구독곡에 그녀가 있었다면 크게 의식했을 것이다.

임정은 가끔 낮에 계림 시내를 돌아다니며 순찰을 하기도 하였다. 그리고 그 시간은 이곳에서 가장 큰 서가에 들러 책을 구입하는 시간이기도 하였다.

마침 책을 사고 나올 때 진일을 발견한 것이다. 눈에 띄는 복장은 아니나 무기가 눈에 거슬렸다. 이곳에 오는 사람 중에 무기를 차고 다니는 사람은 하오배들을 제외하곤 없었다. 그리고 그런 사람들은 문제를 일으킨다.

하지만 진일은 문제를 일으킬 사람으로 보이지 않았기에 그냥 둔 것이다. 단지 순진한 사람이란 생각이 들었다.

임정은 계림에서 가장 큰 규모를 자랑하는 영빈루의 담장을 지나다 작은 측문으로 들어갔다. 안으로 들어가자 십여 명의 무사들이 늘어서서 허리를 숙였다. 그들을 지나친 임정은 작은 월동문을 지나 걸었다.

임정이 왔다는 소식을 접한 시비 한 명이 빠른 걸음으로 그녀의 옆에 붙고는 급하게 말했다.

"마침 찾으러 나가던 참이었습니다."

"그래? 무슨 일인데?"

"하오문에서 사람이 왔습니다."

임정은 고개를 끄덕이며 객청으로 향했다. 전부터 하오문에서 이곳에 도박장을 열고 싶어했고, 그 허락을 받기 위해 독선문과 접촉을 했던 것이다. 물론 독선문에서 볼 때 하오문의 도박장은 환영해야 할 일이었다. 좋은 소득거리가 되기 때문이다. 그러다 문득 생각난 표정으로 시비에게 말했다.

"천문성의 인물 중에 진일이란 인물이 있는지 조사해 봐라."

"천문성이요?"

"그래."

"알겠습니다."

"당장."

"예!"

시비는 크게 대답하며 여러 문서들을 보관한 곳으로 빠르게 달려갔다. 그 모습을 확인한 임정은 곧 걸음을 옮겼다.

계림은 그 특수성 때문에 독선문이 관리하고 있지만 칼부림이나 싸움이 거의 없는 곳이었다. 전 중원에서 많은 사람들이 오고 가는 곳이기에 대다수의 수입은 타지인을 통해서 얻고 있었다. 그런데 싸움이 많고 가끔이라도 칼부림이 대대적으로 일어난다면 무서워서 누가 오겠는가?

그런 이유 때문에 독선문은 이곳을 특별 관리하고 있었고, 자유롭게 사람들이 오가도록 하였다. 물론 문제가 일어날 경우 당연히 쥐도 새도 모르게 처리하고 있었다.

도박장 문제를 해결한 임정은 자신의 서재로 들어와 며칠 전에 구입한 철정무제(鐵情武帝)라는 소설을 읽기 시작했다. 주인공은 천하제일의 미남에 천하제일의 스승 밑에서 자란 고아로 강호에 출두하자마자 수많은 마두들을 물리치고 천하제일인이 되는 내용이었다. 물론 수많은 여인들을 부인으로 맞이하는 결론이었다. 하지만 재미있었다.

"캬!"

임정은 철정무제가 삼두악귀와 삼 대 일로 싸우는 장면에서 감탄사를 흘리며 몰두하였다.

"아가씨."

탁!

책을 덮는 임정의 안색이 순간적으로 굳어졌다. 이제 이 부분이 끝나면 사랑하는 연인과의 밤 자리가 묘사되기 때문이다. 그 기대를 무너뜨리는 목소리가 문밖에서 들리자 짜증이 솟구쳤다.

"왜?"

슥!

시비가 문을 열고 들어와 조심스러운 발걸음으로 다가와 허리를 숙였다. 이미 들어오는 순간 목소리의 변화와 탁자 위에 올려진 책을 발견했기에 조심해야 한다는 것을 알았다. 책을 읽을 때만큼 그녀의 신경이 날카로울 때는 없었기 때문이다.

"천문성의 인물 중에 진일이란 사람은 없었습니다."

"그래?"

임정이 안색을 굳혔다.

"오 년 전의 내용이라 바뀐 부분도 좀 있습니다."

"어차피 윗대가리는 변한 게 없지 않느냐?"

"그렇습니다. 하지만 칠당부터는 워낙 변화가 많은지라 새롭게 조사할 필요가 있을 것 같습니다. 거기다 천문성뿐만 아니라 그 예하에 있는 오십이 개의 문파들까지 모두 조사하였으나 그 이름은 없었습니다."

"알았다."

임정이 대답하며 손을 저었다. 그러자 시비가 빠르게 밖으로 나갔다. 괜히 더 독서하는 시간을 방해했다간 무슨 봉변을 당할지 모르기 때문이었다.

탁!

시비가 나가자 임정은 책을 다시 잡았다. 이제 방해할 사람도 없고 몰두만 하면 그만이었다. 더욱이 자신이 가장 기다리던 주인공과 여주인공의 밤 이야기가 아닌가?

"큰언니!"

탁!

그때 우렁찬 소리와 함께 문이 열리며 여우 가면이 나타났다. 임정의 아미에 주름이 잡혔다.

또르륵!

찻잔으로 떨어지는 옅은 비취색의 물빛을 바라보던 임정은 한 손으로 턱을 괴며 다른 손을 들어 시비를 물러나게 했다. 그리곤 시선을 앞으로 던졌다.

"왜 왔어?"

"놀러 왔어요."

그저 가벼운 대화처럼 마애가 말하자 임정은 여우 가면을 응시하며 차갑게 눈을 빛냈다.

"손톱은 그만 세우지."

순간 마애가 소매 속으로 왼손을 넣었다.

"역시나 언니는… 눈치가 빠르군요."

"홍독(紅毒)을 뿌리면서 들어온 것부터 네 잘못이다. 둘째라면 그 자리에서 칼을 뽑았겠지만 나는 마음이 좋아 봐주는 것뿐이야. 하지만 그것도 오늘까지다."

대답 없는 마애의 호면을 바라보던 임정이 다시 말했다.

"네 나이도 이제 스물이야. 일반인이라면 벌써 시집가서

애를 낳아도 둘은 낳았을 나이지. 그동안은 네가 귀여워서 봐
준 것이지만 이제부터는 그럴 수가 없어. 너도 이제 어른이면
어른답게 행동해."

그렇게 말한 임정이 차를 마시자 호면 가면 속의 눈동자가
빛났다.

"해독은 끝냈다."

"쳇!"

마애의 아쉬운 소리였다. 가볍게 웃은 임정은 자리에서 일
어나 마애의 곁으로 다가가 어깨를 살며시 잡았다.

"올해부터는 스승님도 나와 둘째처럼 너를 대할 것이다.
그러니 이번 해남파와의 일을 잘 해결해라. 실패할 경우… 더
이상 네 애교로는 통하지 않을 것이야."

순간 마애의 어깨가 미미하게 떨렸다. 침묵이 이어지자 임
정은 책꽂이로 시선을 돌렸다. 그러자 마애의 목소리가 흘러
나왔다.

"언니도… 후계자 싸움이 일어나면 저를 죽일 생각인가
요?"

"솔직히?"

"솔직히."

마애의 목소리에 임정은 책을 하나 꺼내 펼쳐 보며 말했다.

"너를 죽일 생각은 없어. 너는 내 친동생과도 같은 존재니
까. 하지만 둘째라면 다르지."

그 말에 마애는 둘째 제자를 떠올렸다. 그 차갑고 냉정한 눈동자가 머리를 스치자 기분이 나빠졌다. 어릴 때부터 자신과는 단 한 번도 놀아준 적이 없는 사람이었고 대화를 나누는 것조차 무서워했던 기억이 있었다. 하지만 임정은 자신을 업어주면서 키운 어머니 같은 존재였다.

"오라버니는 언니를 구독곡에 보낸 시점부터 문을 장악하려 하고 있어요. 시간이 모자라자 언니를 다시 이곳으로 보낸 것이에요."

"알고 있어."

임정의 대답에 마애는 잠시 입을 닫았다. 여러 가지 복잡한 생각을 하는 것처럼 찻잔을 만지기 시작했다.

"언니하고 오라버니하고 싸운다면 분명 한 명은 죽겠지요?"

탁!

임정은 책을 덮으며 신형을 돌렸다. 그녀의 날카로운 눈빛에 마애가 고개를 돌렸다. 마치 폐부를 찌르는 칼날 같은 눈빛 같았기 때문이다.

"한 가지만 알아두는 게 좋아. 둘째의 욕심이 스승님의 눈 밖에 나는 순간… 둘째는 죽는다."

"……!"

* * *

쾌청루는 계림의 중심가에서 조금 떨어진 곳에 있는 큰 규모의 주루였다. 그곳은 항시 여행객들로 붐볐으나 지금은 오직 진일을 제외하곤 모두 점원뿐이었다. 천문성이 통째로 빌렸기 때문이다.

그리고 그날 저녁 미리 도착한 천문성의 오십여 명이 쾌청루로 들어왔다. 모두 내성의 호법원에 속해 있는 무사들이었는데 눈빛부터다 달라 보이는 무사들이었다.

'적어도 부당주 급 이상인가?'

그들의 무공 수준을 겉모습만으로 판단한다는 것은 어려운 일이지만 적어도 기도만 놓고 볼 때 묵청에 버금간다는 생각이 들었다. 그런 사람들이 오십 명이나 들어온 것이다. 본성에서도 안전에 최선을 다하고 있다는 생각이 들었다. 그리고 다음날 진일은 홍수려를 만날 수가 있었다.

홍수려가 타고 온 마차는 평범한 마차였다. 화려하지도 그렇다고 볼품없지도 않은 평범한 마차에서 도를 차고 있는 이십대 초반의 여자와 함께 내린 홍수려 역시 청색 무복을 걸친 채 허리에는 검을 차고 있었다.

어제 온 오십 명의 호위무사들을 생각할 때 예상치 못한 등장이었다. 오직 호위라곤 마부석에 앉아 있던 사십대 초반의 중년인과 시비 한 명이 다였기 때문이다. 한 가지 추측할 수 있는 것은 마부석에 앉았던 사십대 초반의 중년인이 어제 온 오십 인의 호위무사과 맞먹는 실력자라는 것이다. 그렇지 않고서야 오십 인을 먼저 보낼 리가 없었다.

처음 마차에서 내린 홍수려는 진일과 눈이 마주치자 가볍게 인사했다. 진일은 깊게 허리를 숙이며 그녀의 발을 쳐다보았다. 또다시 그렇게 만난 것이다. 서로 다른 곳을 바라보며. 그게 지금의 현실이었고 서로의 위치였다.

'언제쯤 이 눈으로 당당히 그녀를 볼 수가 있을까.'

진일은 입술을 깨물었다.

第六章
어렵게 잡은 손

진가도

1

눈에 보이는 세상은 아무것도 없는 어둠 그 자체였다. 하지
만 귀에 들리는 세상은 아우성치는 사람들의 절규 어린 소리
들뿐이었다.

"천지검은 어디에 있느냐!"

"나의 모든 것을 죽여 버리고 묻는 것이 고작 천지검인가,
악성!"

"용케도 나를 알아보았구나."

"복면으로 얼굴을 가린다 해도 네가 사용하는 검법을 몰라
볼 것이라 생각했느냐!"

"나를 원망해라, 유원제."

어둠 너머로 들리는 소리였다. 그리고 병장기 소리가 연신 들려왔다. 공포로 인해 비명이 터져 나올 것 같아 미칠 것만 같았다. 옷자락을 둥글게 말아 입에 물고서 온몸을 떨었다. 조금이라도 목소리를 내지 않기 위해서 그렇게 하라는 아버지의 그 절박한 얼굴을 떠올리며.

쿵!

육중한 소리에 자신도 모르게 눈을 감았다.

"천지검… 천지검은… 천하제일의 요물이로구나… 크으윽!"

"힘없는 자가 가지기엔 요물일 뿐이지. 하지만 힘있는 자가 가진다면 그것은 곧 천하제패를 의미하지. 그게 천지검이다."

"악성……."

"잘 가라."

퍽!

"헉!"

홍수려는 식은땀을 흘리며 눈을 떴다. 그러다 지금 이곳이 어디인지 인식한 후 길게 한숨을 내쉬며 침상에서 내려와 물을 찾았다.

"무슨 일이십니까?"

옆 침상에서 그림자가 일어나 섰다. 자신과 늘 함께 다니는 추령이 도를 들고 서 있었다. 그녀는 잠을 잘 때조차도 도를 들고 자는 여자였다. 그리고 홍수려의 그림자이자 분신이었고 가장 친한 친구였다.

"아무것도 아니야."

"안 좋은 꿈이라도 꾸셨나 보군요."

추령은 가끔 홍수려가 잠을 자다 악몽에 휘말려 일어서는 것을 목격하였다. 그때마다 무슨 꿈인지 물었으나 홍수려는 그저 침묵할 뿐이었다. 자신의 과거를 말하면 태상장로의 양손녀란 사실도 말해줘야 했다. 굳이 그런 부분까지 말하고 싶지는 않았다.

잠이 오지 않았다. 밤이 깊어 그 어떤 소리도 들리지 않았지만 심장 박동 소리는 천둥처럼 크게 울리고 있었다. 마치 그녀와 처음 만났을 때의 자신으로 돌아간 것 같은 기분이었다.

기분이 좋아야 했는데 왜 이렇게 창피한 것일까? 자신의 위치가 낮아서? 그저 마음은 복잡할 뿐이었다.

"휴우……."

도저히 잠이 안 오자 일어나 앉은 진일은 길게 숨을 내쉬곤 잠시 창을 열어 밖을 바라보았다. 어두운 창밖의 세상은 보이는 것이 아무것도 없었다.

"분명… 장단경이라 하였지."

문득 마부석에 앉아 있던 강렬한 인상의 중년인이 떠올랐다. 어디선가 본 것 같았기 때문이다. 더욱이 그 이름 역시 몇년 전에 들어본 기억이 있었다. 곰곰이 생각하던 진일은 대연무장에서 누군가가 비무하던 기억을 떠올렸다. 멀리서 보았기에 자세히 얼굴은 못 보았으나 분명 오 년 만에 처음으로 무룡관을 통과한 인물이었고, 칠각주 중 한 명과 비무한 인물이었다.

천문성은 그 유명세로 인해 하루에서 수십 명씩 비무를 하기 위해 사람들이 몰려왔다. 물론 천문성의 무사로서 취직하려는 사람들도 있었으며 순수한 무의 욕망으로 오는 사람들도 가끔 있었다.

그러한 사람들을 모두 천문성주가 대결할 수는 없는 일이었다. 그래서 만든 것이 무룡관이었다. 무룡관은 모두 삼관으로 그곳을 통과하면 천문성의 칠각주 중 한 명과 비무를 할수 있게 되며, 칠각주 중 한 명을 이기면 총군과 비무를 할수 있게 된다. 그리고 총군을 이기면 천문성주와 비무를 하게 되는 것이다.

천문성주는 자타가 공인하는 사세의 한 명으로 천하제일인이라 불리어도 손색이 없을 만큼 대단한 인물이다. 그런 천문성주와 비무하고 싶은 사람이 어디 한둘이겠는가? 하지만천문성주 역시 그 위치와 명예가 있기 때문에 아무하고나 비무를 할 수는 없었다. 오직 무룡관을 통해 총군까지 이긴 진정한 강자와의 비무만 있을 뿐이었다.

과거에는 그래도 무룡관을 통과하는 무인들이 가끔 존재했으나 요즘은 무룡관을 그저 시험으로 생각하는 무인들이 많았다. 또한 무룡관의 일관이라도 통과하면 천문성의 하급 무사가 되기 때문에 취직을 목적으로 찾아오는 사람들도 많았다. 약간은 변질되었지만 그래도 무룡관은 천문성이 자랑하는 곳임에 틀림없었다.

그런 무룡관에 오랜만에 제대로 된 무인이 나타난 것이다. 그가 장단경이다. 장단경은 복주 남부에 위치한 중검문의 인물로 중검문은 천문성과 손을 잡고 있는 작은 문파였다. 그런 문파에서 장단경이라는 출중한 인물이 나타난 것이다.

장단경은 서른이 넘어 중검문주의 무공을 넘어섰고, 그 이후 주변 일대에 명성을 떨쳤다. 어느 정도 자신감이 생기자 드디어 천문성에 도전장을 낸 것이다. 그때 나이가 사십이었다.

"내 나이가 마흔이 넘었을 때 과연 그자의 위치까지 갈 수 있을 것인가?"

진일은 문득 의구심이 들었다. 마흔이 넘어서야 겨우 천문성에 도전할 수가 있었던 그다. 그만큼 무의 길은 길고 멀었고, 자기 자신과의 싸움이었다. 또한 천문성의 벽은 태산보다 높았다. 위로 올라간다는 것은 결코 쉬운 일이 아니었다.

그래도 희망은 있었다. 자신이 남몰래 익힌 새로운 도법 때문이다. 그것만 자신의 몸과 하나가 될 정도로 익힌다면 충분히 무룡관에 도전할 수 있을 것이다. 그런 확신이 들었다.

*   *   *

"홍수려가 호위무사들과 함께 이강을 유람 중입니다."

서가의 주렴을 헤치며 들어온 시비가 의자에 앉아 있는 임정에게 보고했다. 임정은 슬쩍 시비에게 시선을 던지며 말했다.

"한 시진에 한 번씩 보고하고 너무 가까이는 접근하지 말라고 일러라."

"예, 아가씨."

시비가 나가자 임정은 차가운 눈초리로 눈앞에 서 있는 사십대 중반의 키 작고 염소수염을 기른 주인을 노려보았다. 양손을 비비며 허리를 굽히고 있는 주인의 모습이 꼭 다람쥐가 도토리를 들고 있는 모습과 흡사했다.

"신간이 없다고?"

마치 비수가 목소리에 실려 날아가는 것 같은 기분을 느낀 양초는 식은땀을 흘리며 손을 비볐다.

"저기… 그러니까… 아가씨께서 책을 읽는 속도를 작가가 따라가지 못합니다. 잘 아시다시피 창작이라는 게 어디 쉬운 일입니까? 작가도 먹고 자고 싸고 해야지요. 하루 종일 글만 쓸 수는 없지 않습니까?"

소매로 이마에 묻은 식은땀을 훔치며 양초가 장황하게 말하자 임정은 짜증스러운 표정으로 말했다.

"작가의 눈을 뽑아버리거나 혀를 뽑아버린다고 협박을 해서라도 글을 생산하게 만들어야 할 거 아니야! 그것도 안 되면 독방에 가둬서 똥오줌만 가리게 해서라도 쓰게 해야지! 그게 입자가 할 일이잖아! 지금 당장 신간을 달란 말이야, 신간을!"

쾅!

탁자를 치자 사각의 탁자가 균열이 생기더니 이내 폭삭 주저앉았다. 그 모습에 놀란 양초가 눈을 부릅떴다.

임정이 눈에 힘을 주자 양초가 바닥에 엎드리며 몸을 떨었다. 한 대 맞을 것 같았기 때문이다.

"하오문에서 직접 배달 온다고 하니 조금만 기다리십시오. 삼 일 안으로 제가 철정무제 후속작을 안 구해오면 이곳에서 분타주의 자리를 내놓고 떠나겠습니다."

양초는 마지막 구걸을 하듯이 비장한 목소리로 말했다. 그 심정을 이해하는지 임정이 눈을 빛내며 미소를 그렸다. 물론 철정무제 후속작이란 말이 가장 큰 역할을 했다. 순식간에 봄눈 녹듯이 울화가 사라진 그녀였다.

"진짜지?"

"물론입니다. 어찌 제가 거짓말을 하겠습니까?"

"신간이 도착하면 내 방으로 직접 배달 와야 한다."

"여부가 있겠습니까? 당연히 그래야지요."

양초는 이내 고개를 들어 미소를 그렸다. 임정의 목소리가 부드럽게 변했기 때문이다. 임정은 곧 자리에서 일어서며 양초에게 다시 한 번 뜨거운 눈동자를 보였다.

"철정무제의 철정(鐵情)이란 강철 같은 정력을 의미하더군. 아주 재미있었어. 그런 내용하고 비슷한 것으로만 부탁해. 잘 있게."

슥!

임정이 주렴을 헤치고 나서자 양초는 깊게 숨을 내쉬며 고개를 저었다. 문득 하오문 광동 분타주가 한 말이 떠올랐다.

"임정은 돈을 줘도 관심없으니 오직 신간으로 꼬시게."

양초는 만약을 대비해서 수십 권의 신간을 새롭게 모을 필요가 있다고 여겼다. 분명 다음에 신간이 떨어지면 그녀는 이곳에서 하오문을 철수시킬 것이다. 그녀의 한마디면 정말 하오문은 이곳에서 철수해야 한다. 그런 일이 발생하지 않도록 최대한 그녀의 비위를 맞춰줘야 했다.

'씨바, 돈보다 구하기 힘든 게 그 야광(夜光) 소설들이구
먼.'

양초의 이마에 주름이 깊게 새겨졌다.

                    *   *   *

작은 소선의 선미에 서 있는 홍수려의 모습은 경국지색이
었다. 무엇보다 이곳의 아름다운 풍경과 어우러진 그녀의 모
습은 더없이 빛나 보였다.

진일은 배의 후미에서 그저 홍수려의 뒷모습만 바라보았
다. 눈을 떼기 힘들 만큼 그녀는 아름답게 변해 있었다. 세월
이 빠르다더니 그녀는 저렇게 변한 것이다. 그 소녀가 저런
여인이 된 것이다.

추령과 홍수려는 연신 이곳저곳을 가리키며 웃고 떠들고
기뻐하고 있었다. 이강을 타고 유람하는 이곳의 풍경은 말로
표현 못할 만큼 아름다웠기 때문이다.

"특이하군."

진일은 바로 앞에 앉아 있는 장단경의 시선에 고개를 숙였
다.

"앉게."

"예."

진일이 자리에 앉자 장단경의 시선이 허리에 차고 있는 칼

로 향했다.

"본 성의 칼보다 폭이 좁은 것 같군."

칼집만으로도 장단경은 대충 유엽도의 생김새를 판단하고 물은 것이다.

"아… 예."

진일은 시선을 회피하였다. 자신이 들고 있는 음양도를 지금은 남 앞에서 보이고 싶지 않았기 때문이다. 음양도의 특이함을 알게 되면 분명 그것을 어디에서 구했는지 물을 것이다. 그게 싫었다. 자신이 천문성의 도법이 아닌 암도법과 명도법을 익히고 있다는 사실을 말하는 게.

시선을 회피하자 장단경은 진일에게는 다행스럽게도 더이상 흥미를 가지지 않고 강물로 시선을 던지며 물었다.

"단주라고 했지?"

"그렇습니다."

"요즘 이곳의 분위기는 어떠한가?"

"특별한 것은 없습니다. 해남파는 그때 광주 분타의 사건 이후로 자중하고 있으며 독선문 역시 아무런 움직임이 없었습니다."

장단경은 고개를 끄덕이며 입을 닫았다. 무언가를 생각하는 눈치였다. 그러자 이번에는 진일이 물었다.

"무룡관에 대해서 알고 싶습니다."

"무룡관?"

"예. 무룡관에 도전해 보고 싶기 때문입니다."

처음에는 장난이란 생각을 했으나 진일의 눈빛이 진지하자 장단경은 빠르게 답해주었다.

"간단한 곳이네. 일관은 단주 급과의 비무이고 이관은 당주 급이네. 하지만 삼관은 장로 급이지. 무슨 말인지 아는가?"

진일은 고개를 저었다. 그러자 장단경이 가볍게 웃으며 말했다.

"나 역시 삼관에서 인정만 받았을 뿐이네. 누가 천문성의 장로를 이기겠는가? 그곳은 실력을 가늠하는 곳이야. 자네의 실력으론 적어도 이관까지 무사히 통과하겠지만 이기지는 못할 것이네. 그저 인정만 받을 뿐. 이기겠다는 생각보다는 최선을 다해야 한다는 생각을 가지고 임하면 좋은 결과가 생길 것이네."

진일은 가만히 고개를 끄덕였다. 무엇보다 삼관에서 장로가 나온다는 말이 충격적이었다.

'실력을 인정받는 곳이라……'

더욱더 도전하고픈 욕망이 가슴을 때렸다. 그 순간 빛나는 물결 같은 목소리가 들렸다.

"진 단주."

"예."

진일이 자리에서 일어나 홍수려를 쳐다보자 홍수려가 손

짓을 하며 불렀다.

"이리 오세요."

진일이 그녀의 부름에 선미로 향했다.

"저기 저 산의 이름은 뭔가요?"

홍수려의 옆에 선 진일은 순간 그녀의 어깨가 자신의 어깨와 닿자 저도 모르게 어깨를 움찔거렸다.

"그건 저도 잘……."

"훗, 진 단주는 아는 게 뭔가요?"

추령이 옆에서 묻자 진일은 얼굴을 붉히며 고개를 숙였다.

"뒤로 가보세요. 물어본 게 잘못이지."

추령의 말에 진일이 막 신형을 돌리려다 홍수려와 눈이 마주쳤다. 순간 홍수려의 눈동자가 가볍게 흔들렸다. 진일 역시 잠시 동안 움직이지 못하고 있었다.

"……?"

추령이 그런 둘의 모습에 의문스러운 표정을 그렸다.

"령아는 장 대주와 있어."

"예."

추령이 대답하며 인상을 찌푸린 채 뒤로 가 장단경의 앞에 앉았다. 장단경이 그런 추령에게 미소를 보였다. 그러자 추령이 팔짱을 끼며 인상을 더욱 사납게 일그리다 홍수려와 진일이 나란히 서 있는 모습이 심상치 않자 놀란 표정으로 눈을 반짝였다. 그러다 장단경에게 시선을 던졌다.

"설마… 그럴 리는 없겠지요?"

"훗."

장단경은 그저 가볍게 미소만 그렸다.

"잠시 서 있어요. 그냥……."

"예."

홍수려의 목소리에 진일은 대답하며 앞을 바라보았다. 눈에 들어오는 사물들은 분명 아름다웠으나 그게 머리에는 담겨지지 않았다. 그저 옆에 서 있는 홍수려의 기척만이 온 신경을 자극하고 있을 뿐이었다.

천문성에 오기 전에는 그래도 가끔 말이라도 걸고 손이라도 잡아 이끌어 가기도 했었다. 그때는 아무런 거리낌도 없었는데 지금은 그럴 용기조차 없었다. 우습게도.

"여전히 얼굴조차 먼저 보려고 하지 않네요."

진일은 그 말에 고개를 돌렸다. 그제야 홍수려가 미소를 그렸다.

"천문성에서 봤을 때 기뻤는데 당신은 그냥 고개만 숙이고 있었어요. 기억나요?"

"그건… 어쩔 수가 없었습니다."

진일이 고개를 숙이며 대답하자 홍수려가 조금 실망한 표정으로 앞을 바라보았다.

"지금도 고개를 숙이네요."

"어쩔 수가 없습니다."

"같은 말만 하고."

"어쩔 수가……."

"그게 마음에 안 들어요."

진일은 어깨를 미미하게 떨었다. 그녀의 목소리가 무겁게 가슴을 눌렀기 때문이다. 진일은 짧게 숨을 내쉬며 앞을 바라보았다. 그녀와 같은 곳을 응시하는 것만으로도 지금은 만족했기 때문이다. 그러다 문득 자신도 모르게 말했다.

"조금만 기다려… 올라갈게."

홍수려가 고개를 숙이며 잠시 입술을 깨물었다. 그리곤 아주 미약한 목소리로 입술을 열었다.

"응……."

진일은 먼산을 바라보았다. 보이는 것은 없었지만 살짝 닿은 그녀의 어깨가 눈에 보이는 모든 것을 대신해 주고 있었다.

진일은 손을 몇 번 움직이려다 멈추었다. 바로 옆에는 홍수려의 손이 있었으나 차마 잡을 수가 없었다. 그런 진일과 같은 마음일까? 홍수려의 손 역시 몇 번 움직였으나 이내 밑을 향하고만 있었다. 아주 조금의 공간만을 남기고.

*　　　*　　　*

"너무 위험하게 놀지는 말고 아저씨가 찾을 때까지만 놀아야 한다. 여기 정원은 너무 커서 멀리까지 가면 찾기 힘드니 가까이에서 놀아야 한다. 알았지?"

"와아아!"

공간을 남기던 두 손은 어느새 잡고 있었다. 큰 손이 아닌 둘 다 작고 아담한 손이었다. 소년과 소녀가 그렇게 후문을 넘어 뛰었다.

"같이 가아!"

뒤에서 장산이 소리치며 달려오자 유연서가 웃으며 고개를 돌렸다.

"빨리 안 오면 떼어놓을 거야."

"그러는 게 어딨어!"

장산이 악을 쓰듯 외치며 따라붙었다. 진일은 그러자 유연서의 앞에 앉았다.

"업혀."

"응?"

"산아에게 잡히면 안 되잖아."

"알았어."

"으차!"

유연서를 업은 진일이 앞으로 내달리는 모습에 장산이 더욱 악을 쓰며 따라왔다. 그러다 월동문으로 사라지자 장산이 놀라 눈을 크게 뜨다 자리에 주저앉으며 큰 눈을 껌벅이다 목소리를 높였다.

"으아아앙!"

장산은 서럽게 울다 월동문에서 진일과 유연서의 고개가 나타나자 울음을 그치며 일어섰다. 그러자 진일이 손을 흔들었다.

"빨리 와."

"나도 업어줘야 해!"

장산이 소리치며 달려오자 진일은 웃으며 말했다.

"너는 너무 무거워서 안 돼."

"그러는 게 어딨어? 오빠는 맨날 치사하게 연서만 업어주고."

"연서는 가볍잖아."

"베!"

유연서가 진일의 등에서 장산에게 혀를 내밀었다. 장산이 화난 표정으로 진일의 가슴으로 뛰어들어 목을 잡고는 매달렸다.

"나두 나두!"

"컥!"

진일은 순간 두 사람의 무게에 휘청였다. 장산의 통통함 때문에 다리가 견디지 못한 것이다.

철퍼덕!

장산을 밑에 깔고는 셋이 겹쳐 쓰러졌다.

"우와앙!"

장산이 울기 시작했고, 유연서는 그런 장산의 어깨를 잡아주었다. 진일이 결국 등을 보이자 장산이 울음을 그치며 등에 매달렸다. 오른손은 유연서의 손을 잡은 채 진일은 정원을 천천히 걷기 시작했다.

"혹시라도 헤어지면 다시 만날 때까지 기다려야 해. 알았지?"

"응."

"알았어."

유연서와 장산의 대답에 진일은 웃으며 손을 잡고 있는 유연서의 얼굴을 쳐다보았다. 그 시선에 유연서가 밝게 미소를 보였다. 그 모습이 예쁘다는 생각이 들었다.

*　　　　*　　　　*

탁!

문이 열리는 소리에 임정은 고개를 들다 여우 가면이 눈에 잡히자 고개를 숙이곤 책을 다시 읽기 시작했다.

"언니."

마애가 다탁 앞에 앉으며 책을 읽는 임정에게 시선을 던졌다. 하지만 임정은 여전히 책만 바라볼 뿐이었다.

"천문성에서 요산의 입구를 막아버렸어요."

"그게 뭐 어때서."

"사람들이 요산에 못 올라가잖아요."

"내비둬."

나른한 임정의 목소리였다.

"그래도 다른 사람들의 불만이란 게 있잖아요."

"어차피 오늘뿐이야. 내비둬."

여전히 임정의 목소리는 나른했다. 아무 의욕도 없고 무료
함 그 자체였다.

"흥! 저라도 가서 그 떨거지들을 모두 죽여야겠어요."

"너는 그냥 광주로 가지 그러니. 날짜도 다가오는데."

마애가 입을 닫았다. 그러고 보니 회담 날짜가 다가오고 있
었다. 준비야 구독곡주가 알아서 한다곤 하지만 그래도 자신
이 가서 직접 확인해야 했다.

"내일 가면 돼요."

"내일 천문성도 갈 텐데?"

여전히 임정은 무료하게 책에 시선을 던지며 말하고 있었
다. 그러자 마애가 생각난 표정으로 말했다.

"막내 녀석이 광주에 도착했다네요. 천문성에 원수를 갚아
야 한다면서……."

"광주에 가면 엉덩이를 좀 때려서 문으로 다시 돌려보내
라."

"예……."

마애가 힘없이 대답했다. 그러자 임정이 다시 말했다.

"어서 가. 광주의 생선 냄새 좀 맡고 전갈 꼬치하고 지네 꼬치 좀 많이 먹어라. 언니 몫까지."

마애가 고개를 끄덕이며 자리에서 일어섰다. 순간 호면 속의 눈동자가 반짝였다.

"그런 책만 읽지 말고 실제 남자라도 한 명 사귀는 게 어때요?"

"현실의 남자는 다 못생겼다."

그 말에 마애를 어깨를 으쓱하며 고개를 저었다. 분명 임정은 자신이 봐도 예뻤다. 아니, 어떤 남자라도 그녀의 고혹적인 얼굴을 보면 반할 것이다. 자신도 그녀와 함께 목욕하다 알몸을 보고 얼마나 부러워했던가? 그녀가 마음만 먹으면 천하의 콧대 높은 미남이라도 넘어올 것이다. 하지만 정작 본인이 문제였다. 본인 자체가 현실의 남자에게 관심이 없었던 것이다.

마애는 한숨을 길게 내쉬곤 문을 열었다. 그러자 기다렸다는 듯이 임정의 목소리가 그녀의 귀를 때렸다.

"너무 남자를 밝히지 말아라. 네가 그 짓으로 죽인 남자들의 수가 백을 넘길 경우 스승님께서 너를 감금시킨다고 말하셨다. 물론 지나가면서 한 말이라 가물거리지만……."

잠시 어깨를 떨던 마애가 곧 문밖으로 나섰다.

"제 취향일 뿐이에요."

탁!

문이 닫히는 소리에 임정은 책장을 덮으며 인상을 굳혔다.

"그 녀석의 모습이 요즘 안 보이네. 벌써 다른 곳으로 갔나? 내가 좋아하는 얼굴이었는데 아쉽군."

잠시 진일을 떠올리다 문득 마애가 이곳에서 며칠을 지냈다는 생각에 저도 모르게 눈을 부릅뜨며 어깨를 떨었다.

"설마… 먹힌 것은 아니겠지?"

고개를 저은 임정은 다시 책을 펼치며 중얼거렸다.

"뭐… 상관없지만…….."

*　　　*　　　*

추령은 팔짱을 끼고 장단경과 함께 있었다. 장단경은 작은 바위에 기대어 주변의 풍광을 바라보며 마음속으로 감탄하고 있었다. 하지만 추령은 주변의 풍경보다 앞에서 걷고 있는 진일과 홍수려의 모습만 눈에 잡혔다.

'무슨 사이일까?'

밤에 물었으나 홍수려는 아무런 대답도 하지 않았다. 만약 자신의 생각처럼 둘이 연인 사이라면 이것은 대단한 사건이 아닐 수가 없었다. 천문성이 뒤집힐 만한 사건인 것이다. 그렇기 때문에 알아야 했다.

"너무 깊게 관여하지 말아라."

장단경의 목소리에 막 유연서에게 가려던 추령이 걸음을 멈추었다.

"무슨 뜻인가요?"

추령이 장단경을 바라보며 물었다. 장단경은 그저 가볍게 미소만 그렸다.

"알고 있어도 모르는 척하는 게 우리의 임무다. 만약 안다고 해서 입을 연다면 여는 순간 목이 달아날 수도 있어."

추령이 그 말에 인상을 굳혔다.

"알고 있어요."

추령은 대답하며 장단경의 옆에 앉았다.

"우리의 임무는 보호다. 그것만 충실히 행하면 돼."

추령은 고개를 끄덕이며 입을 닫았다.

"그리고 가끔은 배려도 할 줄 알아야지."

장단경의 미소에 추령은 인상을 찌푸리며 팔짱을 끼었다.

사람들은 없었다. 호위무사 오십 인이 요산의 입구를 막았기에 아무도 산에 오르지 못했다. 장단경과 추령도 산중턱에 있었다. 오직 정상에는 두 사람만이 서 있을 뿐이었다.

아무 말 없이 둘은 나란히 서서 주변을 바라만 보았다. 그렇게 시간이 흘러 해가 서산으로 넘어가려 하자 진일의 손이 움직였다.

슥!

아주 가까운 거리에 있는 홍수려의 손이었지만 지금까지 잡지 못하고 있었다. 그런데 이제 잡은 것이다. 홍수려는 노을 때문에 그런지 얼굴이 붉게 변해 있었다. 그런 홍수려 역시 진일의 손을 힘주어 잡았다.

第七章
위험한 만남

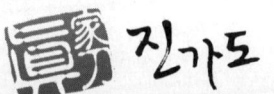

1

해남파와 독선문은 한적한 산길에 위치한 작은 주점에서
만났다. 꽤나 많은 사람들이 대치하였고, 서로의 인질들을 교
환하였다.

주점 안에 앉은 마애는 여전히 여우 가면을 쓴 채 앞에 앉
은 중년인과 그 뒤에 서 있는 강풍을 바라봤다. 중년인은 강
씨세가의 총관으로 강풍의 숙부인 강엽이었다.

"이 일로 이제 우리는 당분간 하나가 되어 천문성과 싸우
게 되었소이다."

"잘된 일이라고 생각해요."

"그럼 보름 뒤에."

마애의 목소리는 경쾌했다. 기분이 좋은 것 같았다. 강업은 자리에서 일어나 포권하며 신형을 돌렸다. 오래 상대하고 싶지 않았기 때문이다. 일만 다 끝난다면 바로 뜰 생각이었기에 미련없이 자를 뜬 것이다.

"광주에서 다시 뵙겠소."

"그래요."

마애의 인사에 강풍도 신형을 돌렸다.

"쩝."

말에 올라타던 강풍은 입맛을 다시며 인상을 찌푸렸다. 주점의 한곳에 늘어선 다섯 구의 시신 때문이었다. 아이 세 명에 중년 여인과 중년 남자의 시신이었다. 누가 보더라도 그들은 한 식구였다.

그들은 분명 오늘 아침까지 평범하게 인생을 살아왔을 것이다. 하지만 평범한 생활도 독선문을 만나 끝이 난 것이다.

"먹게."

강업이 옆에 다가와 환약을 하나 내밀었다.

"이건……?"

"독선문이 즐겨 사용하는 환산독의 해약이네. 먹어둬."

강업의 말에 강풍은 환약을 받아 먹었다.

"가지."

곧 강업이 출발하자 강풍은 주점에 불을 붙이는 독선문 무사들의 모습을 바라보았다. 곧 주점 안으로 시신들을 던져 버리는 모습에 강풍은 사납게 눈을 반짝였다. 사람이 살았다는 흔적조차 없애려는 그들의 모습에 인상을 찌푸리며 말을 몰기 시작했다.

'마음에 안 들어.'

강풍은 독선문의 모든 것이 싫어지는 기분을 느꼈다.

*　　　*　　　*

루애산의 총당에 도착하자 당주인 원당혁에게 수고했다는 단 한 마디를 듣고 홍수려와 헤어졌다. 이제 남은 것은 원당혁이 홍수려를 회담 전까지 모시는 일만 남았다. 자신이 해야 할 일은 그저 이 주변에서 경계하는 것밖에는 없었다.

원당혁과 함께 호위무사 오십 인까지 모두 안으로 들어가자 묵청이 옆에 다가왔다.

"고생했네. 삼단에 가서 일보고 저녁에는 마을에 나가 술이라도 마시게."

그렇게 말한 묵청이 진일의 손을 잡아 손바닥에 주머니를 하나 쥐어주며 다시 말했다.

"외박도 허락하네."

그렇게 말한 묵청이 총당 안으로 들어가자 진일은 곧 말 위에 올라타 삼단이 머물고 있는 루애산의 입구로 향했다.

천막이 즐비하게 늘어선 루애산의 입구는 삼단과 사단이 차지하고 있었다. 총당의 우측은 오단과 육단이, 좌측은 칠단과 팔단이 자리를 잡아 루애산 전체를 둘러싼 형태를 취하고 있었다.

"갔다 오셨습니까?"

자신의 막사로 들어가자 조당이 기다렸다는 듯이 다가왔다.

"별일은 없었고?"

막사 안을 살핀 진일은 의자에 앉으며 물었다.

"별일이야 있었겠습니까? 단지 사단과 조금 말썽이 있었을 뿐입니다."

"싸웠나?"

피식거리며 진일이 묻자 조당이 고개를 끄덕였다.

"원래 혈기왕성한 젊은 놈들이니 힘을 과시하고 싶었겠지요. 다행스럽게도 큰 싸움으로 번지지 않아 서로 큰 피해는 없었습니다."

조당의 말을 들은 진일은 인상을 굳히며 낮게 물었다.

"누가 이겼지?"

사실 그게 제일 중요했다. 싸움을 했다는 것 하나만 가지고도 충분히 벌을 줄 수가 있지만 다른 단과 싸웠다면 이기는 게 가장 중요했다. 자존심이란 것이 있었기 때문이다.

"이겼습니다."

"잘했어."

진일은 웃으며 찻잔에 차를 따랐다.

"싸운 놈들은 몇 명인데?"

결과를 알자 더 이상의 문제는 없었다. 이기면 그만이기 때문이다. 진일은 지금까지 다른 단과 싸워서 이겼다면 벌을 주지 않았다. 물론 그것은 다른 단도 마찬가지였다.

"세 명입니다."

"그래? 마침 잘되었군. 저녁에 마을에 내려가는데 내일 아침 돌아올 때 술이라도 사서 줘야겠어."

"그럼 제 것도 좀⋯⋯."

조당이 손을 비볐다. 눈웃음까지 그리며 말하자 진일은 못이기는 척 웃었다.

"죽엽청?"

"최고지요."

"내일 저녁은 우리끼리 술 한잔하지."

"알겠습니다."

대답하는 조당의 모습에 진일은 생각난 듯 시선을 조당의 허리로 돌렸다.

"그 칼은 마음에 들고?"

"최고입니다."

조당이 엄지손가락을 세우며 흡족하게 대답했다.

저녁이 되자 식사를 마친 진일은 간편한 복장으로 외출했다. 물론 평복이지만 천문성에서 지급한 옷이기에 어깨에는 천문이란 글귀가 새겨져 있었다. 옷을 보면 그 사람이 천문성의 사람이란 것을 단번에 알아볼 수 있었다.

마을은 그리 크지 않았지만 있을 것은 다 있었다. 루애산에 흑룡당이 자리를 잡음으로써 이 마을의 시장 구도가 조금씩 변해가기 시작했다. 흑룡당의 일천여 명이 먹고 자고 생활해야 하는 모든 필수품을 이 마을에서 구입했기 때문이다.

그러한 구조로 인해 천문성의 무사들을 싫어하는 사람들은 없었다. 더욱이 마을을 차지하던 하오잡배들도 사라졌고 치안까지 안정되어 마을은 전보다 훨씬 살기가 좋아졌다.

"어서 오십시오."

마을의 중심가에서 가장 멀리 떨어진 곳에 붉은 등들이 밝혀져 있었다. 이 마을에 오직 하나뿐인 홍루로 진일이 들어간 것이다.

천문성의 무사는 이곳에서 최고의 대우를 받기 때문에 진일은 별실로 안내되었다. 의자에 편히 앉아 있자 멀리 떨어진 곳에서 들리는 웃음소리가 문을 통해 들어왔다. 손님들이 꽤 있는 것 같았다.

"천문성의 무사님들이 몇 분 와 계신데 그곳으로 모실까요?"

차를 따르며 시비가 묻자 진일은 대답없이 고개를 저었다.

'천문성의 무사라······.'

진일은 누굴지 생각했다. 이런 시기에 외박을 나왔다면 적어도 단주 급은 될 것이다. 문득 묵청의 얼굴이 떠올랐다. 자신만이 아닌 다른 단주들도 외박을 허락받은 것 같았다. 이곳을 떠나기 전 회포라도 풀라는 것 같았다.

이런저런 생각을 하며 차를 마시던 진일은 문밖에서 들리는 시끄러운 소리에 찻잔을 내려놓았다.

쿵!

문이 험악하게 열리며 큰 덩치의 인물이 성난 표정으로 들어왔다.

"어떤 새끼가 지금 이 시간에 총당을 빠져나와 몰래 술을 마시는 거야!"

술을 마시다 천문성의 무사가 다른 방에 와 있다는 말에 달려온 것처럼 보였다. 그 장한의 눈이 앉아 있는 진일과 마주쳤다.

"장 단주로군."

소리친 장해는 진일의 얼굴을 잠시 쳐다보다 조금 멋쩍은 듯 머리를 긁적이며 진일의 앞에 의자를 당겨 앉았다.

"뭐야? 진 단주였군."

장해는 목이 타는지 찻주전자를 들어 마셨다. 조금 무식한 그의 행동에 진일은 그저 미소만 그렸다.

"푸하!"

차를 다 마셨는지 길게 숨을 내쉰 장해는 조금 술에서 깬 듯 눈을 반짝였다.

"이거 원수는 외나무다리에서 만난다더니, 마침 잘됐군."

"뭐가?"

"내 수하들이 네놈의 버러지 같은 놈들에게 맞았잖아? 몰라?"

"낮에 복귀해서 잘 모른다."

쿵!

장해가 그 말에 분노한 표정으로 탁자를 치며 진일을 노려보았다.

"그 은근슬쩍 넘기려는 성격은 여전하군. 결판을 내야지. 수하들의 복수는 단주인 내가 해야지. 마음 같아서는 그놈들을 모두 족치고 싶었으나 네놈 얼굴 생각해서 참아줬다."

진일은 귀찮다는 표정으로 찻주전자를 들었다. 그러다 주전자가 가볍다는 생각에 뚜껑을 열어 안을 보곤 인상을 굳혔다.

"다 마셨군."

"흠."

"이걸로 없던 것으로 하지. 여기 차 좀 더 가져와라."

진일은 그렇게 말하며 문밖에 서 있던 시비에게 주전자를 들어 보였다. 시비가 들어와 주전자를 받아 나가자 장해가 더욱 인상을 굳혔다.

"밖으로 나와라."

장해가 자리에서 일어서자 진일은 씁쓸히 고개를 저었다.

"일단주님이 계신데 상관없겠나?"

"무슨 상관이야, 우리가 싸우는데?"

장해가 소매를 걷으며 험악하게 말하자 진일은 어쩔 수 없다는 듯 자리에서 일어섰다. 그리곤 재빠르게 장해의 옆을 지나쳐 걸어나갔다.

"싸울 때 싸우더라도 일단 일단주님께 말은 해야겠지."

"어이! 야! 어이!"

장해가 놀라 달려왔다.

단주라고 다 같은 단주는 아니었다. 일단주인 도순기는 부분타주까지 지낸 인물로 분타주나 당주 급이 공석이 되면 진급할 대상 중 한 명이었다.

"나는 싸움을 아주 싫어하지. 특히나 같은 동료들이 싸우는 것은 더욱 싫어한다."

별원의 마당에 서서 마주 보고 있는 진일과 장해를 향해 도순기가 팔짱을 끼며 말했다. 말은 그렇게 했어도 눈은 아주 흥미로워하는 것 같았다. 그의 옆에는 약간 마른 체구의 이단주와 조금 작은 키의 오단주가 서 있었다. 그들 역시도 흥미로운 표정으로 진일과 장해를 쳐다보고 있었다.

"그래도 재미있을 것 같아 허락한다."

도순기가 눈을 반짝이며 미소를 보이자 장해가 소매를 어깨까지 접어 올렸다. 단단히 각오한 표정을 보이자 도순기가 다시 말했다.

"그런데 승패에 대한 내기는 했나?"

"은자 한 냥."

장해가 똑 부러지게 말하자 진일은 고개를 끄덕였다. 도순기가 웃으며 말했다.

"나는 진 단주에게 한 냥."

"저도."

"저도."

이단주와 오단주가 도순기의 말에 따르자 장해가 얼굴을 붉혔다.

"너무한 거 아니야! 왜 나한테는 안 거는데?"

장해가 성질난다는 표정으로 도순기와 단주들에게 시선을 돌리는 순간 도순기가 손을 들었다.

"시작."

쉭!

바람처럼 진일의 주먹이 나타났다.

"이런 젠장!"

퍽!

쿠당!

짹! 짹!

새소리와 창가에서 비치는 햇살에 눈을 슬며시 뜬 진일은 자신의 배 위에 올라와 있는 털북숭이 다리를 바라보았다. 어쩐지 꿈자리가 이상했다는 생각이 들었다.

장해의 다리를 치우고 앉아 널브러진 술병과 남녀가 반나신으로 뒤엉킨 방 안의 전경에 고개를 저었다. 술을 너무 많이 마셨는지 머리가 어지러웠다.

"음……."

신음성을 내뱉으며 일어나 밖으로 나갔다. 작은 마당의 한쪽에는 도순기가 앉아 있었다.

"일어나셨군요."

도순기가 시선을 돌려 진일을 쳐다보았다.

"잠이 오지 않아서 말이네."

"무슨 일이라도 있었습니까?"

진일의 물음에 도순기는 손을 저었다.

"그냥 설레서 잠을 못 잤을 뿐이야."

"예?"

진일은 설레었다는 말이 잘 와 닿지 않았다. 그러자 도순기가 미소를 보이며 말했다.

"얼마 후면 본성에 들어갈 게 아닌가?"

"그렇지요."

"그럼 다음 명령이 있을 때까지 가족들과 함께 있겠지?"

"아……."

진일은 그제야 설렌다는 말을 알아들었다.

"오랜만이라 딸아이가 보고 싶네. 애들한텐 일 년도 긴 시간이라 얼마나 성장했는지 궁금하기도 하고. 설마하니 내 얼굴을 잊어버린 것은 아니겠지?"

도순기가 시선을 던지며 웃자 진일은 미소를 그리며 도순기의 옆에 나란히 앉았다.

"그럴 리가 있겠습니까?"

진일의 말에 도순기가 고개를 끄덕이며 다시 말했다.

"자네도 얼른 장가를 가야지? 가정을 꾸리는 것은 남자로서 중요한 일이라네."

그 말에 진일은 잠시 침묵했다. 문득 홍수려의 얼굴이 그의 머리를 스치고 지나갔다. 죄책감이 들었다. 이런 곳에서 놀았다는 게 후회가 되었지만 그래도 어쩌겠는가? 이미 놀아버린 것을……. 자신도 사람이었고 남자였다. 또한 동료들과 함께 노는 자리에서 자신만 빠질 수도 없었다. 피를 나눈 형제 같은 그들과 함께하는 것 역시도 중요한 일이라고 진일은 생각했다.

"마음에 드는 처녀라도 만나면 바로 장가를 가게나. 천문성에서 가정을 꾸리는 일은 어찌 보면 행복한 일이 될 수도 있네."

"그럴지도 모릅니다."

진일은 대답하며 천문성에 사는 사람들을 떠올렸다. 가정을 꾸리면 외성 안에 집을 지어주었다. 그리고 그곳에서 가족과 함께 살게 해주었으며, 아이들은 어릴 때부터 학당에 다닐 수가 있었다. 아버지를 따라 천문성의 무사가 되고 싶다면 그 길도 열어주었고 황제의 일꾼이 되고 싶다면 그것 또한 지원을 아끼지 않았다.

"내게 만약 무슨 일이 생겨도 내 처와 딸이 굶는 일은 없을 것이네. 오히려 더욱 대우를 해주겠지. 우리 같은 하급 무사에게 그러한 대우는 복이라고 할 수 있네."

"예."

진일은 대답하며 죽은 사람들에 대한 천문성의 대우와 그 가족에 대한 그들의 처우를 떠올렸다. 자신이 봐도 천문성은 그들에게 잘해주었다. 그러한 소문이 사람들을 불러 모았고 지금은 강호 최대의 문파로 만든 것이다.

"가지. 다른 단주들을 깨우게."

"알겠습니다."

*　　　　*　　　　*

"긴장되는군."

강업이 말을 몰며 중얼거렸다. 그의 옆에는 강풍이 말 위에 앉아 강업과 말 머리를 같이하고 있었다.

"숙부님도 긴장을 하시는군요."

"싸움을 앞에 두면 누구나 긴장을 하기 마련이지. 막상 싸우게 되며 그것도 사라지지만… 싸우기 바로 직전까지 이어지는 긴장감은 사람을 초조하게 만들고 힘들게 하네. 그것을 극복해야 고수라고 할 수 있지."

강업의 말에 강풍은 고개를 끄덕였다. 자신도 그러한 긴장감을 느끼고 있었기 때문이다.

"그래도 뒤에 있는 수하들을 생각해서 힘을 내야 합니다. 이들이 믿고 있는 사람은 바로 숙부님이 아닙니까?"

강업은 그 말에 미소를 보이며 고개를 돌렸다. 그러자 수많은 사람들의 모습이 그의 눈에 잡혀 들어왔다. 모두 해남도를 떠나온 무사들이었다. 그들의 모습에 저절로 자신감이 생겼다. 세상의 그 어떤 적이 나타나도 이길 수 있다는 자신감이.

"싸움이 시작되는 순간 자네가 그 여자의 목을 치게."

"예."

강풍이 눈을 빛냈다. 그러자 강업이 다시 말했다.

"독선문은 도착했나?"

"예. 오 리 정도 떨어진 곳에서 대기하고 있답니다."

"좋군."

강업의 입술에 살기 어린 미소가 걸렸다.

처음부터 루애산의 총당에서 볼 생각은 없었다. 누가 호랑이의 입으로 들어가기를 바라겠는가?

수많은 해남파의 무사들이 일제히 루애산에 모습을 보였다. 족히 오백은 넘어 보이는 무리였다. 그들의 출현은 곧 회담을 알리는 시작을 의미하였다.

"애초에 광동 지방 자체가 우리 해남의 시장이었소."

탁자를 마주 보고 앉은 강업과 홍수려는 서로의 얼굴을 쳐다보고 있었다. 루애산의 입구에 마련된 큰 천막 안에 단 다섯만이 들어가 있었다. 천막의 뒤로 루애산을 등지고 흑룡당이 십 장의 거리를 두고 서 있었으며, 천막의 주변은 호위무사 오십 인이 서 있었다. 그 반대에는 해남도의 무사들이 늘어서 있었다.

'소문처럼… 대단한 미인이로군.'

강업이 처음 홍수려를 보고 든 생각이었다. 강업의 뒤에 서 있는 강풍은 잠시 홍수려의 외모에 놀라고 있었다. 꽤 많은 미인들을 보았다고 생각했으나 홍수려처럼 단아한 미모의 소유자는 본 적이 없었다.

"시장은 변하기 마련이에요. 이곳도 이제 변할 때가 된 것이지요."

홍수려의 고운 목소리에 강업이 인상을 찌푸렸다.

"욕심이 너무 과한 것도 사실이오."

"욕심이 아니라 저절로 세가 넓혀지는 것뿐이에요. 천문성의 명성은 하늘도 알고 땅도 알고 있어요."

강업은 선선히 고개를 끄덕였다. 그것은 천문성의 명성을 인정한다는 의미였다. 그런 게 없었다면 이런 자리 또한 마련되지 않았을 것이다. 물론 천문성의 명성만큼 힘이 대단하다고 인정하지는 않았다. 광주 분타를 괴멸시켰기 때문이다.

그 성과로 천문성에 대한 자신감이 있었다. 그렇기 때문에 강경하게 천문성과 싸울 것을 주장하였고, 그것이 이루어졌다. 물론 우려하는 사람들도 있었다. 하지만 그것은 한시적인 일이 될 것이다. 천문성과 본격적으로 싸우게 되면 그들도 하나가 되어 도울 것이기 때문이다. 이것은 그저 시작에 불과했다.

"루애산을 시작으로 천문성이 진출을 그만두겠다면 우리도 쓸데없는 싸움은 피할 것이오."

"이미 그 일은 서면으로 약속한 바 있어요. 오늘 우리가 이렇게 만난 것은 세부적인 일에 대해서 합의를 보려고 하는 게 아닌가요?"

"물론 그렇소이다. 하지만 솔직히 마음은 편치 못하오."

"……?"

홍수려가 눈을 반짝였다. 그녀의 뒤에 서 있는 추령과 장단경도 기세가 조금 미묘하게 변하는 기분을 느꼈다. 장단경은 자연스럽게 검의 손잡이를 잡았다. 그 행동을 모를 강업이 아니었다.

"처음부터 우리 것을 남에게 주려니 배가 아파하는 사람들도 꽤 있소이다."

"강 총관도 그런 사람 중에 한 명이란 말이군요?"

"그렇소."

강업은 부정하지 않고 고개를 끄덕였다.

"개인적인 감정은 지금 필요없으니 본론으로 들어가지요."

홍수려의 날카로운 말에 강업이 눈을 빛냈다.

"세상 사람들은 천문성이 대단한 곳이라고 하지만 우리 해남은 천문성을 두려워하지 않소이다."

홍수려의 말을 무시하며 말한 강업은 가볍게 조소 어린 미소까지 그렸다.

"막상 싸워보니 그리 대단하지도 않았지."

광주 분타의 괴멸 사건을 들먹이는 모습에 홍수려는 살짝 인상을 찌푸렸다. 천문성을 들먹이는 그 모습은 분명 도발이었다. 다른 사람 같았으면 분명 화를 폭발시켰을 것이다. 하지만 홍수려에게 이 일은 처음으로 맡은 일이었고, 그 처음이 중요한 만큼 신중해야 했다. 어느 정도 공적이 있어야 그녀도 자신의 자리를 인정받을 수가 있었기 때문이다.

"재미있는 말을 하는군요."

홍수려의 눈동자가 빛나자 강업은 소매에서 문서를 꺼내 들었다.

"어차피 이것만 서로 교환하면 될 일이 아니오?"

홍수려는 그런 강업의 손에 들린 문서를 바라보다 강업의 얼굴을 다시 쳐다보았다. 그러자 강업은 다시 문서를 소매에 넣으며 말했다.

"천문성이 아무리 대단해도 그것은 복건에서만 통할 일. 이곳은 광동, 바로 우리의 앞마당이오. 광주 분타를 괴멸시킬 수 있었던 것도 바로 그곳이 우리 집이기 때문이었소. 루애산이라고 안 그럴 것 같소이까?"

강업이 눈을 빛내며 기세등등하게 말하자 홍수려가 잠시 숨을 고른 후 가벼운 미소를 입가에 걸었다.

"광주 분타가 괴멸된 이후에 본성이 그저 가만히 있었던 이유는 해남파가 너무 초라하고 볼품없었기 때문이에요. 또한 남해방 같은 수적들과 형제처럼 지내는 강씨세가를 무림문파로 인정하지 않았기 때문이죠. 우리에게 당신들은 그저 녹림도일 뿐."

"뭣이!"

강풍이 검을 잡으며 한 발 나서자 강업이 손을 들어 그의 앞을 막았다. 그런 강업의 표정은 사뭇 진지하였고 비장했다.

"맹랑한 여자로군. 그 말에 책임을 질 수는 있겠지?"

"제가 직접 본성에서 나온 이유는 이 말을 전해주기 위함이에요. 물론 이 일이 좋게 끝나면 전할 말도 아니지만 조금이라도 해남도가 흑심을 품었다면 전하라고 하더군요."

"무슨 말인가?"

"해남의 강 씨는 모두 죽을 것이다."

"……!"

강업이 자리를 박차며 일어서는 순간 강풍의 손이 검을 잡아 번개처럼 홍수려의 목을 향해 찔러갔다.

땅!

금속음이 울리자 홍수려가 가만히 앉아 일어선 강업을 바라보았다. 그녀의 머리 위에는 추령의 도와 강풍의 검이 교차되어 있었다. 강풍은 너무도 쉽게 자신의 검을 막아선 추령을 쳐다보았다. 일개 아녀자가 자신의 검을 막았다는 것에서 놀란 것이다.

"이게 해남의 뜻이군요."

강업이 살기를 뿌리며 홍수려를 노려보았다. 순간 거대한 함성이 터져 나왔다.

"와아아아!"

"시작이군."

스릉!

강업이 미소를 걸치며 검을 뽑아 들었다. 홍수려는 조용히 자리에서 일어섰고, 장단경이 어느새 그녀의 앞에 섰다.

"적의 공격이닷!"

원당혁이 놀라 외치자 예상치 못한 해남파의 돌격에 잠시 흑룡당은 당황하였다. 하지만 그것도 잠시였다. 천막이 갈가

리 찢겨지며 장단경과 강업의 모습이 나타나는 순간 홍수려
의 모습이 사람들의 눈앞에 나타났다. 그제야 사람들은 이 상
황이 실제라는 것을 알았다.

"공격하세요!"

홍수려가 오십 인의 호위에 둘러싸인 채 소리쳤다. 원당혁
이 그 말에 눈을 부릅뜨다 빠르게 고개를 돌려 외쳤다.

"해남파를 멸한다!"

"와아아아!"

순간 거대한 함성과 함께 흑룡당의 무사들이 물밀 듯이 해
남파의 무사들을 향해 달려들었다.

"와아아아!"

함성 소리가 높게 하늘로 솟구치자 마애가 나무 위로 올라
갔다. 그녀의 뒤로 수많은 그림자가 숲 속에서 눈을 반짝이고
있었다.

"시작인가?"

마애의 물음에 어느새 옆에 나타난 구독곡주 자현불이 수
염을 쓰다듬으며 고개를 끄덕였다. 약간 주름진 얼굴의 그는
오십 정도 되어 보였다. 자색의 포의를 입고 있었는데, 조금
작고 마른 체형의 인물이었다.

"그런 것 같소."

자현불의 말에 마애가 웃음기 어린 목소리로 말했다.

"우리도 출발하지요."

"그거 쏠쏠한 재미가 있겠군. 후후."

자현불의 대답하며 앞으로 내달리는 마애의 뒤로 따라붙었다. 실제 자현불은 상당히 기대하는 표정이었다. 오랜만에 양손을 풀 수가 있었기 때문이다. 그 뒤로 수많은 붉은 그림자가 따라붙기 시작했다.

*　　　*　　　*

진일은 불안했다. 저 멀리 보이는 해남파의 무리가 눈에 들어오는 순간 그러한 불안감은 더욱 가슴을 때렸다.

'왜일까?'

공기부터가 다르게 느껴졌다. 이런 공기는 싸움터에서만 느낄 수 있는 공기였다. 아니, 감이라고 해야 할까? 세 번의 싸움은 그에게 그러한 감을 선물로 주었다. 그리고 그 감을 진일은 진실처럼 받아들이고 있었다.

"기분이 묘하군."

진일의 중얼거림을 들은 조당이 한 발 다가왔다.

"꿈자리가 안 좋았습니까?"

"아니."

진일은 고개를 저으며 조당을 쳐다보았다.

"싸움이 일어나기 전의 느낌이랄까…… 그런 기분이 드

는군."

조당은 그 말에 시선을 돌려 해남파의 무리와 가운데 있는 천막을 쳐다보았다.

"별일없을 것입니다."

진일은 고개를 끄덕이다 인상을 찌푸리며 조당에게 다시 말했다.

"그래도 혹시 모르니 자네는 단단히 준비하라고 일러두게."

"예."

조당이 물러나 수하들에게 말을 전달하자 고개를 우측으로 돌렸다. 삼단이 있는 곳은 본대의 가장 우측에 붙어 있었기 때문에 우측의 숲과 가장 가까웠다.

'구독곡의 정찰은 어찌 되었는지 모르겠군. 만약 싸움이 일어난다면 독선문에서도 이 기회를 놓치지 않겠지.'

"와아아아!"

"......!"

순간 거대한 함성 소리에 진일의 시선이 해남파로 향했다. 그들이 맹렬하게 달려들어 오기 시작했으며, 천막이 검풍에 찢겨지자 눈을 부릅떴다. 심장이 튀어나올 정도로 요동쳤으며, 저절로 양 주먹을 굳게 움켜쥐었고 이빨을 강하게 깨물었다.

붕!

검은 도가 허공을 가르는 소리는 육중했다.

퍽!

"크악!"

피를 뿌리며 쓰러지는 해남파의 무사가 눈에 들어왔으나 그것도 잠시였다. 어깨부터 가슴까지 들어간 도를 회전하며 뽑은 진일은 내려치는 검날을 옆으로 쳐냈다. '땅!' 소리와 함께 검면을 밀친 진일의 도가 반원을 그리며 비어 있는 허리 부터 반대편 어깨까지 그었다. 도날이 살에 닿는 순간 진일은 자신도 모르게 팔에 온 힘을 주어 강하게 위로 쳐올렸다.

서걱!

살이 베이는 잔인한 소리가 귀를 때리자 고개를 들었다.

"크아아악!"

고통스러운 비명과 함께 뒤로 물러서던 무사가 결국 눈을 뒤집으며 쓰러졌다. 그 모습을 확인하는 순간 우측에서 검날 이 찔러왔다.

신형을 돌린 진일은 앞으로 한 발 나가며 날아드는 검을 지나 뻗은 팔을 왼 팔뚝으로 잡아 겨드랑이에 끼웠다.

퍽!

동시에 도를 하복부로 찔러 넣었기에 눈을 부릅뜬 상대가 허리를 구부리며 어깨에 기대어 왔다. 오른팔에 힘을 준 진일 은 인상을 굳히며 왼편으로 상대를 강하게 밀쳐 냈다. 그러자 복부를 찔린 무사가 바닥을 뒹굴었다.

따당!

앞에서 나타난 검을 쳐냄과 동시에 좌측의 검날까지 쳐내자 앞에 있는 무사의 검이 다시 목 앞으로 나타났다. 진일은 신형을 숙임과 동시에 회전하며 허리를 잘라갔다.

쉭!

진일을 스쳐 간 검날에 머리카락이 잘리는 순간 진일의 도가 상대의 허리에 깊숙이 박혔다.

"크악!"

비명성을 확인한 진일은 재빠르게 자세를 잡아야 했다. 좌측에서 연이어 검이 날아왔기 때문이다.

퍽!

무사의 목에 도가 박혔다. 눈에 익은 도였다.

"단주님! 무사하십니까?"

"걱정하지 말고 싸워."

진일이 조당을 향해 말하며 홍수려를 찾기 시작했다. 그리고 저 멀리 홍수려를 둘러싼 호위무사들과 해남파의 싸움이 눈에 잡혔다.

"유리하군."

싸움은 수적으로 유리한 흑룡당에게 기울기 시작했다. 거기다 흑룡당은 해남파가 싸웠던 광주 분타의 무사들보다 월등히 실력이 뛰어난 사람들이었다. 그런 흑룡당을 앞에 두고 오백의 해남파는 너무 적은 인원이 분명하였다.

진일은 홍수려의 근처로 가기 위해 걸음을 옮기다 신형을 멈추었다.

"하압!"

외침과 함께 검을 앞으로 찌르는 해남파의 무사가 바로 앞에 있었기 때문이다. 진일은 가볍게 반 보 물러나 등을 보이며 회전하였다.

"헛!"

순간 진일의 신형이 앞으로 나온 무사의 우측으로 한 바퀴 돌며 그 회전력으로 도를 위에서 아래로 원을 그리듯 내려쳤다.

퍽!

번개처럼 출수한 일격이었다. 진일은 이마에 박힌 음양도의 서늘한 양면 사이로 상대의 눈이 보이자 인상을 굳히며 발을 들었다.

퍽!

배를 걷어참과 동시에 도를 뽑은 진일은 재빠르게 자세를 낮추며 우측으로 도를 횡으로 그었다.

깡!

"큭!"

해남파의 무사 한 명이 뒤로 십여 걸음이나 물러섰다. 회전이 담긴 도의 위력이 컸기에 한순간에 중심을 잃고 물러선 것이다. 진일의 눈에 상대에 대한 살의가 번뜩였다.

"크아악!"

"아악!"

그 순간 진일은 비명성의 낯익음에 놀라 고개를 돌렸다. 그곳에 붉은 그림자들이 마치 벌집에서 뛰어나오는 벌들처럼 숲 속에서 뛰어나오기 시작했다.

"독선문!"

진일의 눈동자가 부릅떠졌다.

第八章
심장이 멈춰도 칼은 움직인다

진가도

1

　독선문의 등장은 생각지도 못한 일이었다. 또한 그들이 해남파를 돕는 일은 상상하지도 못한 것이었기에 당황할 수밖에 없었다.

　"젠장!"

　진일은 크게 소리치며 홍수려를 찾았다.

　"크아악!"

　비명성과 병장기 소리에 어우러진 사람들의 모습 속에 그녀를 찾던 진일은 날아드는 붉은 그림자에 놀라 도를 들었다.

　땅!

　"……!"

진일은 놀라 눈을 부릅뜨며 자신의 도를 잡은 세 가닥의 갈고리를 쳐다보았다. 독선문의 무사들은 모두 손등에서 튀어나온 세 개의 갈고리를 달고 있었는데, 삼혈조라 불리는 것으로 독선문은 그것을 이용한 조법(爪法)을 사용하였다. 진일의 눈동자가 흔들렸다. 도가 갈고리에 걸려 빠져나오기 힘들었던 것이다.

　삼혈조의 갈고리로 진일의 도를 누름과 동시에 오른손의 삼혈조가 진일의 얼굴을 그어왔다. '쉭!' 하는 바람 소리가 싸늘하게 들리는 순간 진일은 발을 들어 상대의 배를 가격했다.

　"큭!"

　막 진일의 얼굴을 치려던 무사가 허리를 꺾는 순간 진일은 도날을 옆으로 눕히며 삼혈조의 등을 그대로 타고 내려가 손목을 잘랐다.

　"크아악!"

　비명과 함께 잘린 손목을 잡고 물러서던 무사의 눈앞에 백색 그림자가 어른거렸다.

　퍽!

　목과 어깨의 경계에 박힌 음양도가 붉게 물들기 시작했다.

　"크악!"

　비명성이 울리자 도를 뽑은 진일은 독선문의 붉은 물결이 눈에 가득 차게 되자 분노에 휩싸이기 시작했다.

"컥!"

숨이 넘어가는 소리를 내뱉은 호위무사가 뒤로 쓰러지자 홍수려는 인상을 굳히며 독선문의 무사들과 해남파의 무사들을 눈에 담았다.

"물러서라!"

가장 앞에 선 무사가 외치자 홍수려를 중심으로 원을 그린 호위무사들이 싸움터에서 뒤로 물러나기 시작했다. 그런 그들을 향해 해남파의 무사들과 독선문의 무사들이 끝없이 달려들기 시작했다. 하지만 견고하게 짜놓은 방원형을 뚫고 홍수려에게 닿은 무사는 아직까지 한 명도 없었다.

따다당!

"아악!"

수많은 금속음과 외침 소리에 어우러진 비명성이 울리고 있었다. 홍수려는 검을 손에 쥔 채 싸움을 주시했다. 흑룡당의 인원이 점점 줄어가는 모습이 눈에 계속해서 들어오자 입술을 지그시 문 홍수려가 결심한 듯 외쳤다.

"저는 놔두시고 어서 흑룡당을 도우세요!"

"그럴 수는 없습니다."

호위무사들의 수장인 듯한 삼십대 초반의 인물이 반대하자 홍수려가 차갑게 다시 말했다.

"명령이에요."

"아무리 명령이라 해도 저희는 아가씨 곁을 떠날 수가 없습니다."

"그렇다면 절반만이라도 가 흑룡당을 도우세요. 저 하나에 너무 많은 인원이 붙어 있는 것 같아서 하는 말이에요."

잠시 그 말에 생각하던 그가 곧 수하들에게 손짓으로 명령했다. 홍수려의 뒤편에 서 있던 절반의 인원이 빠르게 싸움터로 달려들었다. 그들이 빠지자 남은 인원들이 좀 전보다 작게 원을 그리며 홍수려를 감쌌다.

"으아압!"

죽을 각오로 내려친 장해의 도가 독선문 무사의 머리를 쪼개며 떨어졌다. 순간 그의 우측에서 검이 빠르게 찔러왔다. 장해는 재빠르게 신형을 낮추어 검이 머리 위로 지나가게 한 바퀴 돌며 도를 횡으로 그었다. 아니, 베는 게 아니라 그냥 때리는 거였다.

퍽!

허리에 박힌 도를 뽑으려는 순간 장해의 안색이 굳어졌다. 뒤에서 검 하나가 등을 뚫고 들어왔기 때문이다.

"크으윽!"

신음성을 내뱉은 장해는 배를 뚫고 나온 검신을 왼손으로 있는 힘껏 잡았다.

"으아아압!"

포효하며 신형을 돌린 장해의 도가 등을 찌른 해남파의 무사의 몸을 찍었다. '빡!' 소리와 함께 이마에 도가 박히자 피가 얼굴로 튀었다.

"크아악!"

이마를 찍힌 무사의 비명성이 마치 경극을 하는 사람처럼 우습게 보였다. 그자가 땅에 쓰러지는 모습을 똑똑히 확인하자 장해는 만족한 듯 미소를 입가에 걸었다.

"빌어먹을 새끼들!"

순간 붉은 그림자가 얼굴은 스쳤다.

퍽!

장해의 얼굴에 세 줄기의 흉터가 나타났다. 충격과 고통이 머리를 때렸으나 아무런 생각조차 들지 않았다. 그저 멍하니 앞을 바라보자 붉은 인영의 손이 목에 닿았다. 차가운 쇠 감촉이 느껴지자 손을 들었다. 하지만 왠지 모르게 손이 가볍다는 생각이 들었다.

팟!

장해의 목에 세 줄기 혈선이 깊게 그려지자 피가 분수처럼 튀었다.

따다당!

검과 도가 교차하며 그림자를 만들던 강풍과 추령의 신형이 잠시 멈추었다.

"허억! 허억!"

숨을 몰아쉬는 강풍의 온몸은 땀으로 젖어 있었다. 추령 역시 땀에 젖은 얼굴로 숨을 고르고 있었다. 추령은 처음으로 해남파의 쾌검을 상대하였기 때문에 초반에는 애를 먹었다. 그 영향으로 십여 곳이나 가벼운 혈흔을 만들어야 했다.

주륵!

추령의 볼에서 살짝 핏방울이 흘러내렸다. 볼살을 조금 베인 것이다. 하지만 추령은 강풍에 비하면 그나마 나은 편이었다. 강풍은 추령만큼 많은 상처가 있는 것은 아니었으나 왼어깨에 깊은 도상을 입었다. 그래서인지 그의 안색은 백지장처럼 창백했다. 많은 피를 흘렸기 때문이다.

'불리하군.'

강풍은 인상을 찌푸리며 생각했다. 하지만 전체적인 상황으로 볼 때 독선문의 출현으로 유리하게 변하자 마음의 안정을 찾게 되었다. 그 반대로 추령은 상황이 점점 불리하게 변해가자 초조해지기 시작했다.

"하앗!"

먼저 나선 것은 추령이었다. 추령의 신형이 빠르게 땅을 차며 반 장가량 뛰어올랐다. 그 모습에 강풍은 허리를 낮추며 추령의 전신을 향해 십여 개의 검 그림자를 만들며 찔러갔다. 그녀의 전신을 노린 것이다.

그 순간 추령의 눈동자가 반짝이며 허리를 세우며 힘의 중심을 다리로 이동시켜 멈췄다. 강풍의 검 그림자가 추령의 코 앞에서 허공만을 찍었다.

"⋯⋯!"

강풍의 표정이 그 순간 굳어졌다. 그의 눈에는 추령의 모습이 순간적으로 뒤로 이동한 것처럼 보였기 때문이다. 그리고 추령은 좀 전 보다 더욱 빠르게 앞으로 튀어나왔다.

퍽!

"크악!"

고통에 찬 비명과 함께 강풍의 왼팔이 허공으로 떠오르자 도를 하늘로 치켜든 추령은 신형을 멈추지 않고 가볍게 떠올라 한 바퀴 돌며 회전을 담아 도를 그었다.

퍽!

강풍의 목이 피와 함께 떠올랐다.

"도적 떼에 불과한 것들이 감히⋯⋯."

털썩!

바닥에 강풍의 시신이 쓰러지자 도를 늘어뜨린 추령은 전장을 둘러보다 홍수려의 안위가 걱정되어 막 신형을 돌리려 하였다.

"헉!"

추령은 고개를 돌리지 못하고 그대로 얼어붙은 듯 신형을 멈춰야 했다. 목 뒤에서 느껴지는 차가운 감촉 때문이었다. 무언가가 살을 파고들어 온 것 같았다.

"해남에선 그래도 유명한 놈이기에 조금 기대를 했더니…
별것도 없는 놈이었군."

말소리가 끝나는 순간 추령의 신형이 회전하며 강력한 도
풍과 함께 허공을 갈랐다.

"성질도 급하셔라. 호호!"

추령의 안색이 굳어졌다. 그곳에 서 있는 붉은 여우 가면
때문이다.

"누구냐?"

추령은 자신의 뒤로 소리없이 다가온 여우 가면에 대해 조
금은 두려운 마음이 들었다. 그런 마음과 함께 물은 것이다.
그러다 목 뒤가 따갑자 왼손으로 목 뒤를 만졌다. 살이 베인
듯한 느낌이 손끝을 타고 전해졌다.

"……."

손을 내려보자 손가락 끝에 혈흔이 살짝 배어 있었다.

"으음."

추령은 순간 여우 가면이 두 개로 보였다. 그제야 독선문이
란 사실을 깨닫고 눈을 부릅떴다. 그 모습에 마애가 혀를 찼
다.

"늦었어."

"아아악!"

추령이 비명을 토하며 비틀거렸다. 그녀의 얼굴이 어느 순
간 붉게 변하더니 오공에서 피를 흘리기 시작한 것이다.

땅!

도를 떨구며 뒤로 물러선 추령의 전신이 마치 간질에 걸린 환자처럼 떨리기 시작했다. 마애는 그런 추령에게 다가와 그녀가 떨군 도를 손에 쥐었다.

"천문성의 도라 그런지 날이 좋군."

도면을 잠시 바라보던 마애는 이내 추령의 복부로 도를 찔러 넣었다.

퍼억!

도끝이 추령의 등을 뚫고 나오자 추령은 비명도 지르지 못하고 눈을 부릅뜬 채 허리를 꺾었다.

"추 위사!"

쉬악!

두 명의 흑의무사가 마애를 향해 섬전처럼 날아들었다. 마애는 재빠르게 신형을 돌리며 흑룡당과 다른 복장의 두 무사를 쳐다보았다. 두 무사의 눈동자는 혈광으로 반짝였으며 그 기세는 광포한 호랑이처럼 사나웠다.

슈숙!

두 개의 검이 앞과 우측에서 약간의 시간을 두고 찔러오는 것을 마애는 잠시 쳐다보다 검끝이 호면에 닿으려는 순간 가볍게 한 발 앞으로 나섰다.

"흡!"

무사의 안색이 굳어졌다. 마애의 신형이 자신의 우측에 서 있었기 때문이다.

마애의 오른손이 무사의 검을 쥔 손목을 움켜잡으며 왼손으로 목을 살짝 그었다. 그러자 무사의 목에 가벼운 혈선이 그어졌다. 그 순간 마애는 신형을 허공으로 날아 어느새 검날의 방향을 바꾼 다른 한 무사의 뒤에 내려와 목을 왼 손톱으로 찔렀다.

퍽!

"커억!"

"크아악!"

숨이 넘어갈 것 같은 소리와 비명성이 연이어 터졌다. 마애는 가볍게 왼손을 들어 목을 찌른 무사의 어깨를 두드리곤 신형을 돌렸다. 순간 두 무사가 미친 듯이 몸을 떨다 바닥에 쓰러졌다.

손톱 속에 담아둔 혈독은 피부를 손톱이 뚫고 들어가는 순간 상대의 몸으로 퍼져 간다. 그 효과는 곧 죽음이었다. 아주 짧은 시간 안에 상대를 죽음으로 몰아가는 독공이자 조공이었다.

조금 아쉬운 것이 있다면 외공을 극한까지 익힌 사람들에겐 통하지 않는다는 점이었다. 그들의 피부는 마치 쇠처럼 단단했기 때문에 손톱으로 뚫을 수가 없었다. 하지만 그런 사람은 극히 드물었다.

그렇기 때문에 이런 싸움에서 사용하기에는 딱 좋았다. 그저 상대의 피부만 살짝 베어주면 그만이기 때문이다. 마애는 전장의 깊숙한 곳으로 걸음을 옮기며 저 뒤에 있는 홍수려를 눈으로 좇았다.

'새장 속에 갇혀 있는 새로군.'

호위무사에게 둘러싸인 그녀의 모습이 꼭 자신의 방에 가둬놓은 종달새 같은 모습과 같다는 생각이 들었다.

퍼퍼퍽!

"크아악!"

세 명의 독선문 무사가 피를 뿌리며 쓰러지자 마애의 시선이 돌아갔다. 그곳에 전신이 붉게 변한 원당혁이 거칠게 숨을 몰아쉬며 독선문과 해남파의 무사들을 베어가고 있었다. 마애는 흑룡당의 시신 옆에 있는 도를 오른손에 쥐곤 원당혁을 향해 움직여 갔다.

붕!

허공을 가르는 도의 소리는 마치 도끼로 치는 듯한 강력한 소음을 동반하고 있었다.

"하압!"

퍽!

삼혈조를 교차시켜 내려치는 원당혁의 도를 막았으나 그 힘이 너무 강해 팔이 구부러지며 가슴 쪽으로 밀리자 도끝이 이마를 찍었다.

팟!

도를 이마에서 뽑은 원당혁은 해남파의 무사가 검으로 찔러오자 인상을 사납게 일그러뜨리며 도를 들어 검을 내려쳤다.

땅!

"큭!"

신음성과 함께 검을 놓친 무사가 눈을 부릅뜨며 뒤로 물러서는 순간 원당혁은 여지없이 앞으로 나서며 가슴을 베었다. '팟!' 하며 피가 튀자 도면으로 얼굴을 막았다. 상대의 가슴에서 쏟아진 피가 얼굴로 튀었기 때문이다. 순간 원당혁은 살기를 뿌리며 신형을 돌림과 동시에 반원형으로 그었다.

붕!

도가 허공을 자르는 강력한 소리는 듣는 사람으로 하여금 등골이 서늘하게 하였으나 상대의 표정을 볼 수가 없었다.

"……!"

원당혁의 안색이 굳어졌다. 주저앉은 호면의 붉은 여자가 번개처럼 일어서는 것을 눈으로 보았으나 도를 휘두른 상태에서 신형을 멈추기엔 그녀의 움직임이 너무 빨랐던 것이다. 그래도 멈춰야 했다.

"큭!"

회전하는 몸을 급작스럽게 멈추자 전신의 근육이 당겨왔다. 하지만 그 찰나의 순간이 생과 사를 갈라놓기에 아픔보다는 공격만이 머리를 자극시키고 있었다. 손목을 꺾으며 일어서는 마애를 향해 도를 찍으려는 순간 턱밑으로 붉은 그림자가 어른거렸다.

픽!

"크으윽!"

원당혁의 턱밑 살 속으로 마애의 검지가 한마디가량 안으로 들어가 있었다. 그런 그녀의 손가락을 타고 붉은 핏방울이 흘러내렸다.

"훗!"

웃음소리가 요사스럽게 원당혁의 머리를 때렸으나 움직일 수가 없었다. 고통과 함께 그녀의 오른손이 도를 잡고 있는 자신의 오른손을 잡고 있었으며 턱을 뚫고 들어온 검지가 마치 낚싯바늘처럼 구부려 턱뼈를 잡았기 때문이다.

"홍의혈수(紅衣血手)……."

"손가락 하나로 죽으려니 원통한가?"

"네년도 곱게 죽지는 못할… 컥!"

털썩!

마애가 피를 토하며 말하는 원당혁의 턱을 잡아끌어 앞으로 넘어뜨렸다.

"당주님!"

슈아악!

순간 마애의 등으로 피를 덮어쓴 묵청의 도가 내리찍어 왔다. 마애가 고개를 돌리며 신형을 한 바퀴 돌렸다.

퍽!

땅바닥을 내려친 묵청은 차갑게 살기를 뿌리며 우측으로 상체를 일으킴과 동시에 도를 위로 쳐올렸다.

파팟!

흙과 돌들이 도와 함께 튕겨 올라 마애의 안면으로 날아갔다. 마애가 소매로 상체를 가리며 뒤로 물러서다 돌에 팔이 맞자 어깨를 떨었다.

"썩을 새끼가!"

날카롭게 소리친 마애가 신형을 멈춤과 동시에 묵청을 향해 손을 뻗었다. 상체를 크게 일으킨 묵청은 막 자세를 낮게 잡으려는 순간 붉은 수영이 눈앞에 어른거렸다.

퍽!

"크아아악!"

왼 엄지가 묵청의 왼 눈을 뚫고 들어갔다 빠져나왔다. 그 모습에 만족한 듯 마애가 신형을 돌렸다. 그러자 묵청이 도를 들어 마애의 등을 향해 달려들었다.

"으아아압!"

크게 소리치며 달려들던 묵청은 어느 순간 걸음을 멈추며 온몸을 떨어야 했다. 몸이 말을 듣지 않았기 때문이다. 그런 그의 얼굴이 붉게 변하더니 오공에서 피를 뿌리기 시작했다.

"크아악!"

묵청의 신형이 떨리더니 바닥에 쓰러졌다.

"개새끼들⋯⋯."

마애는 차갑게 중얼거리며 홍수려를 향해 나아가다 고개를 돌려 우측에서 싸우고 있는 장단경과 강업의 모습을 살폈다. 둘의 싸움이 가장 험악했으며 가장 빠르고 가장 날렵했다. 그만큼 고수라는 뜻이었다.

'저 자식이 오기 전에 끝내야 한다.'

호흡이 거친 강업에 비해 장단경의 호흡은 안정적이었다. 둘의 싸움이 곧 끝날 것처럼 보이자 마애의 신경이 더욱 날카롭게 변하였다. 장단경이 다시 합류하면 조금 골치가 아플 것 같았기 때문이다.

파파팟!

세 번의 검 그리자가 빛 광 자를 그리며 이어지자 강업이 뒤로 물러섰다.

주룩!

허리와 어깨에서 피를 떨구는 강업의 안색은 정상이 아니었다. 그의 땀에 젖은 얼굴이 장단경을 향하고 있었다.

"당신 같은 사람이 어째서 무명이란 말이오?"

장단경은 검을 늘어뜨리며 한 발 나섰다.

"나 정도 되는 사람은 천문성에 쌓이고 쌓였다."

장단경의 말은 물론 거짓말이다. 하지만 강업은 침음을 삼키며 그 말에 신빙성이 있다고 생각하였다.

"오시오."

강업이 검을 가슴 앞으로 세우며 자세를 낮추자 그 기세에 장단경은 고개를 끄덕이곤 가볍게 앞으로 나가 강업의 명치와 이마로 검을 찔러갔다.

파팟!

두 개의 검 그림자가 번개처럼 이어지자 강업은 신형을 돌리며 장단경의 우측으로 돌아 나와 허리를 베어갔다. 하지만 처음과는 달리 그의 그림자는 그리 빠르지 못했다. 이미 죽음을 예상한 상태였고 또한 마지막 일격을 가하는 것이기에 온온 힘을 다했다지만 몸이 말을 듣지 않은 것이다.

퍽!

우측으로 도는 순간 장단경의 검이 하복부를 찔러 들어왔다. 강업의 입이 저절로 고통 때문에 벌려졌다.

주륵!

입 안에서 붉은 피가 흘러내리자 장단경은 검을 뽑았다.

"우리는… 끝까지… 싸울 것이오."

"마음대로 하게."

털썩!

강업이 쓰러지자 장단경은 급하게 홍수려를 향해 달려갔다. 사실 죽은 강업보다 장단경은 훨씬 더 마음이 조급했었다. 독선문의 출현을 눈에 담았기 때문이다. 그 조급함으로 인해 검이 무뎌졌으며 강엽은 좀 더 장단경을 붙잡을 수가 있었다.

"으아압!"

쉬식!

두 명의 검수가 좌우에서 소리치며 달려들자 장단경은 앞으로 빠르게 나아가며 두 개의 검 빛이 좌우에 나타났다.

섬광이 하복부에서 턱 끝까지 지나치자 두 무사가 멍하니 서 있다 뒤로 물렀다. 순간 살이 터지고 피가 쏟아졌다.

퍽!

복부를 찌른 조당은 독선문 무사의 얼굴을 쳐다보았다. 허리를 숙인 채 고통스러워하던 무사가 순간 조당의 도를 양손으로 잡았다.

"헤헤……."

분명 고통스러워해야 할 무사가 그 순간 웃었다. 그 웃음의 의미는 죽음. 조당의 안색이 급변하였다.

"이런 젠장!"

좌우에서 어느새 두 명의 붉은 그림자가 다가왔기 때문이다.

퍼퍽!

등으로 세 줄기의 깊은 상처가 길게 어깨부터 허리까지 사선으로 그려졌다. 하지만 등을 펼 수가 없었다. 고통은 복부에서 더욱 크게 느껴졌기 때문이다.

주륵!

세 줄기의 깊은 상처가 복부를 벌렸다.

"크어억!"

손으로 배를 본능적으로 움켜잡던 조당은 바닥에 쓰러지다 결국 눈을 뒤집었다.

삼혈조를 든 독선문의 두 무사는 자신의 삼혈조에서 흘러내리는 핏물을 확인한 후 신형을 돌렸다. 그 순간 진일의 도가 바람처럼 날아들었다.

퍽!

목을 반쯤 뚫고 들어간 진일은 도를 뽑으며 바닥에 쓰러진 조당을 쳐다보았다.

"조당!"

조당의 처참한 시신을 눈으로 확인하는 순간 뒤에서 삼혈조가 바람을 가르고 등을 쳐왔다. 삼혈조가 머리를 치려는 순간 진일은 무릎을 굽히며 반 바퀴 돌아 상대의 허벅지를 향해 도를 베었다.

퍼퍽!

"크악!"

고통스러운 비명과 함께 독선문의 무사가 뒤로 물러서자 진일의 왼손에 조당에게 주었던 도가 잡혔다. 얼마 전까지도 자신이 쓰던 도다.

자리에서 일어선 진일은 양다리를 잡고 쓰러져 있던 독선문의 무사를 쳐다보았다. 그 무사는 너무나 아픈지 울고 있었다. 그리고 자신이 움직일 수 없다는 것에서 찾아오는 공포감에 몸을 떨어야 했다. 진일과 시선이 마주치자 양손으로 땅을 짚어 뒤로 움직이려 했다. 하지만 손에 힘이 들어가지 않은 듯 어깨만 떨었다.

"살… 살려… 살려줘…….."

비굴한 목소리가 귀를 때렸지만 지금은 그러한 말조차 귀에 들어오지 않고 있었다. 진일은 그저 조당에게 주었던 도를 높게 들었을 뿐이다.

"제발……."

눈물과 피로 범벅된 독선문의 무사가 다시 한 번 말했다. 살고 싶다는 의지가 강한 목소리였다.

퍽!

힘을 주어 배를 찌른 진일은 허리를 꺾으며 몸을 떠는 무사의 얼굴을 잠시 쳐다보았다. 아니, 그 무사가 피 묻은 손으로 잡고 있는 도를 바라보고 있었다. 그 도는 조당의 도였다. 그리고 이자는 조당이 죽인 것이다. 지금 이 시점에서 자신이 조당에서 해줄 수 있는 최선의 길은 이것뿐이었다.

따따당!

무기와 무기가 부딪치는 소리가 주변에서 요란하게 울리

기 시작했다. 이십오 명으로 독선문의 무사들을 막기에는 역부족이었는지 방어진을 뚫고 독선문의 붉은 무사가 홍수려를 향해 날아들었다.

홍수려 역시 태상장로의 손녀로 들어가면서 무공을 수련하였다. 평범한 무사들에 비해 훨씬 더 대단한 실력을 갖추고 있는 게 당연한 일이었다. 단지 지금은 현실이었고 비무와 다른 생사를 건 혈투라는 것이 차이라면 차이였다.

'침착히 배운 대로 하면 된다.'

사람을 찌른다는 게 얼마나 큰 용기가 필요한 일인지 이제야 조금은 알 것 같은 기분이 들었다. 가슴은 크게 뛰었고, 주변의 공기가 어느 순간 고요하게 흘러가는 것 같은 묘한 느낌이 들었다.

슈악!

그러한 고요함을 찢어버릴 듯한 강렬한 소음이 시야를 뚫고 들어왔다. 삼혈조의 날카로운 세 줄기 은빛이 눈앞을 뒤덮자 홍수려는 자세를 낮추어 오른손을 뒤로 빼 검끝이 자신의 눈 끝에 오도록 맞추었다.

눈의 초점이 삼혈조의 쇠날로 향하였다. 쇠와 쇠 사이에 손가락 하나 정도의 공간을 두고 상대의 얼굴이 눈에 잡혔다. 순간 본능처럼 오른손을 앞으로 내밀었다.

쉭!

바람을 타고 흐르는 홍수려의 검이 뻗어오는 삼혈조의 쇠와 쇠 사이를 지나쳤다.

퍽!

"큭!"

가슴에 박힌 새하얀 검면을 바라보던 무사가 자신의 얼굴이 비춰지자 슬픈 표정을 그렸다. 그런 무사의 입술 사이로 피가 흘러내렸다. 홍수려의 검이 삼혈조를 지나 무사의 갈비뼈와 갈비뼈 사이를 뚫고 심장에 박힌 것이다.

팍!

검을 재빠르게 뽑은 홍수려는 처음의 자세를 유지한 채 사방을 주시했다. 병장기 소리가 여전히 들렸으며 고함 소리와 비명 소리가 뒤섞여 있었다.

"크악!"

순간 바로 옆에서 비명성이 울리며 호위무사 한 명이 얼굴에 세 가닥 혈선을 그린 채 쓰러졌다. 그 모습에 놀란 홍수려는 자신에게 날아드는 여섯 개의 쇠 그림자를 눈으로 좇으며 검을 재빠르게 움직였다.

따당!

검에 닿은 충격 때문에 양손을 펼친 채 뒤로 물러선 무사의 목젖으로 백색 검날이 날아들었다.

슥!

검이 예리한 소리와 함께 목에 박히자 무사의 온몸이 사시나무 떨듯 떨렸다.

"잡았다!"

순간 무사의 머리를 넘으며 작은 체구의 그림자가 홍수려를 급습했다. 구독곡주인 자현불이었다. 그가 빈틈을 노리고 홍수려를 공격한 것이다.

홍수려는 안색을 굳히며 목에 박힌 검을 뽑아 허공을 향해 삼검을 번개처럼 찔렀다.

자현불은 검광이 날아들자 허공중에 몸을 비틀었다.

쉬쉭!

좌측으로 중심을 급속도로 이동하며 몸을 숙인 자현불의 허리로 한 가닥 검광이 스쳤다. 피가 튀었으나 자현불은 개의치 않았다. 눈앞에 홍수려의 목이 있었고, 오른손에 닿을 것 같았기 때문이다.

홍수려는 검을 앞으로 뻗는 순간 자현불의 복부를 뚫어버린 것 같았다. 하지만 눈앞으로 튀어나온 것은 세 가닥 백색선이었다. 자현불의 삼혈조였다. 놀라 눈을 부릅뜨며 본능적으로 뒤로 물러섰다. 순간 눈앞으로 백광이 지나쳤다.

퍽!

"아아악!"

"……!"

높게 솟은 여자의 비명성에 진일은 해남파의 무사를 밀치며 고개를 돌렸다. 저 멀리서 호위무사에 둘러싸여 있는 홍수려의 모습이 눈에 들어왔다.

"어딜 보느냐!"

외침성과 함께 검이 날아들자 진일은 분노한 표정으로 날아드는 검을 허리를 살짝 숙여 피하며 도날을 상대의 복부에 붙였다. 순간 왼손이 도등을 잡은 채 앞으로 강하게 밀며 옆으로 도를 움직였다.

서걱!

"크아악!"

피부가 잘리는 섬뜩한 소리와 함께 비명이 울리자 진일은 재빠르게 뒤로 물러서며 홍수려를 향해 달렸다.

'제발……'

진일의 가슴이 터질 듯이 진동하기 시작했다.

뒤로 물러선 홍수려는 자신의 오른 얼굴을 부여잡은 채 비틀거리고 있었다. 그런 그녀의 손을 타고 붉은 피가 흘러내리고 있었다. 그 양이 상당해서 손은 순식간에 피로 물들었다.

"크으으으."

비틀거리며 고통스럽게 얼굴을 부여잡은 홍수려의 정신은 이미 이곳에 없었다. 그저 고통과 아픔만이 있을 뿐이었다.

"아가씨를 보호해라!"

호위무사가 외치며 홍수려의 앞을 막아섰다. 자현불은 자신의 오른손을 들어 삼혈조에 묻어 있는 피를 혀로 맛보며 미소를 그렸다.

"미인의 피라 그런지 맛이 좋……!"

퍽!

자현불의 눈이 부릅떠지며 허리를 꺾었다. 순간 그의 옆으로 어느새 장단경이 나타나 자현불의 목 뒤로 손을 움직였다. 그곳에 장단경의 검이 어느새 자현불의 목을 뚫고 들어가 손잡이만 보이고 있었다. 그런 장단경의 안색은 싸늘하게 굳어져 있었다.

"후퇴한다!"

검을 뽑으며 소리친 장단경은 자현불의 몸을 발로 차며 홍수려의 옆으로 달려갔다. 그리곤 비틀거리는 홍수려를 발견하자 재빠르게 부축하였다.

"이런……."

홍수려의 얼굴이 피로 물들어 있자 장단경은 사납게 안색을 굳히며 앞을 바라보았다. 그의 외침과 홍수려의 비명 때문인지 그의 앞으로 흑룡당의 무사들이 모여들어 독선문과 해남파의 무사들을 막고 있었다. 장단경은 재빠르게 홍수려를 안아 들곤 뒤로 달렸다. 그러자 살아남은 호위무사들이 함께하였다.

"연서."

진일은 홍수려의 얼굴이 피로 물들어 있는 것을 보곤 다가가려다 장단경이 달려가자 잠시 발을 멈추었다.

"총당까지 물러선다."

도순기가 그런 진일의 어깨를 잡으며 피 묻은 얼굴로 차갑게 말했다. 그러자 진일은 고개를 끄덕이며 앞으로 나섰다.

"뒤로 물러선다!"

진일이 외치며 도를 늘어뜨렸다. 그의 외침에 살아남은 무사들이 뒤로 빠지기 시작했다. 그러자 독선문과 해남파가 기세를 올리며 더욱 사납게 달려들기 시작했다.

쉬쉭!

진일은 눈앞으로 날아드는 두 개의 검날을 바라보다 자세를 낮추며 그들 사이로 나가 목을 베었다.

퍼퍽!

피가 튀어 오르자 진일의 기세가 더욱 사나운 맹수처럼 변하였다. 눈앞에 보이는 수많은 적들 때문이다. 끝없는 싸움은 계속되고 있었다.

"허억! 허억!"

총당의 문을 넘자 장단경은 거칠게 숨을 몰아쉬는 홍수려를 눕히곤 자신의 소매를 뜯었다.

"손을 치우십시오."

오른 얼굴을 손으로 가린 홍수려는 오직 왼눈만이 피에 젖어 있지 않았다. 그런 왼눈이 반짝이며 장단경의 얼굴로 향했다.

"지혈이라도 해야 합니다."

장단경이 말하자 홍수려는 눈을 감으며 떨리는 손을 자신의 얼굴에서 천천히 떼어냈다. 장단경은 순간 인상을 굳혔다. 그녀의 왼 얼굴에 세 가닥의 흉터가 크게 생겨났기 때문이다. 장단경은 빠르게 손을 움직여 그녀의 얼굴을 눈만 빼고 감쌌다.

얼굴을 모두 감싸자 홍수려는 비틀거리며 일어났다. 하지만 그녀의 오른손은 여전히 얼굴을 잡고 있었다. 비명성은 아직도 들리고 있었다. 그래서일까? 그녀의 눈동자가 반짝이기 시작했다. 어느 정도 안정을 찾은 것이다.

"령아는요?"

장단경은 고개를 저었다. 추령의 시신을 보았기 때문이다. 홍수려의 눈동자가 미미하게 흔들리기 시작했다.

"으음."

얼굴을 잡으며 홍수려가 다시 비틀거렸다. 참을 수 없는 고통이 얼굴에서 일어났기 때문이다.

"진 단주는요?"

장단경은 그녀의 물음에 진일을 떠올리며 말했다.

"살아 있습니다."

"오라고 하세요."

장단경은 고개를 끄덕이곤 고개를 돌려 호위무사들을 쳐다보았다. 그러자 그들 중 한 명이 달려나갔다.

"크악!"

문 앞을 막아선 진일은 달려드는 해남파의 무사를 베어버린 후 숨을 거칠게 몰아쉬었다. 그의 옆에는 도순기가 서 있었다. 그 주변으로 이십여 명의 무사들이 약간의 거리를 두고 반원형으로 총당의 문을 막고 있었다.

"으압!"

거칠게 외치며 독선문의 무사를 내려친 진일은 사나운 기운을 뿌리고 있었다. 온몸이 피로 얼룩진 모습은 마치 혈귀처럼 보였다. 그 위세 때문인지 독선문과 해남파의 무사들이 쉽게 진일에게 다가오지 못하고 있었다. 그것은 도순기도 마찬가지였다.

"진 단주는 아가씨께 가보게."

그때 호위무사 한 명이 진일의 곁으로 다가와 말하자 진일의 안색이 굳어졌다. 도순기가 진일을 향해 고개를 끄덕여 보이자 진일은 뒤로 물러섰다. 그 자리를 호위무사가 메웠다.

장단경은 비명 소리를 들으며 비장한 표정으로 말했다.

"적은 이백여 명이고 저희는 겨우 오십여 명……. 도망쳐야 합니다."

홍수려가 고개를 끄덕였다. 그러다 발소리와 함께 진일이 다가오자 고개를 들었다. 진일은 그녀의 얼굴을 보는 순간 고개를 숙였다. 차마 바로 볼 수가 없었다. 피로 얼룩진 그녀의 옷이 눈에 들어왔다.

"진 단주… 고개를 들어요."

진일은 어깨를 미미하게 떨었다. 피에 젖은 그녀의 얼굴을 쳐다볼 수가 없었기 때문이다. 홍수려가 그런 진일의 어깨를 잡으려고 다가섰다.

"크아악!"

"으악!"

순간 비명성이 뚜렷하게 들리며 담장을 넘은 붉은 무사들의 모습이 눈에 잡혔다.

"후퇴!"

장단경이 소리치며 신형을 돌린 후 홍수려를 잡았다.

"갑시다. 문산을 넘어야 합니다. 자네는 이제부터 아가씨만 보호하게. 그게 가장 중요한 일이고 지금 자네가 해야 할 일이네. 알겠나?"

진일은 대답할 수가 없었다. 그의 말은 곧 동료들을 버리라는 말과 같았기 때문이다. 살아 있는 이상 그들과 함께 싸워야 했다. 적이 모두 죽을 때까지는 말이다. 그런데 지금은 그럴 수가 없었다. 홍수려의 얼굴이 그의 가슴을 때리고 있었기 때문이다. 알 수 없는 복잡한 감정이 가슴을 때리고 있었다.

'나 때문이다. 내가 조금만 더 일찍……'

진일은 자신도 모르게 주먹을 움켜쥐며 떨었다.

홍수려가 고개 숙인 진일을 쳐다보다 장단경이 팔을 잡고 이끌자 어렵게 고개를 돌렸다.

타닷!

둘의 발이 땅을 차며 달리자 진일은 그제야 고개를 들었다. 그리곤 그들의 뒤로 따라붙었다. 지금 자신이 해야 할 일이 무엇인지 확실하게 깨달았기 때문이다.

'내가 보호해야 한다, 내가⋯⋯.'

진일은 들려오는 동료들의 비명성을 뒤로한 채 달리기 시작했다. 진일의 눈은 핏발이 곤두서 있는 상태였다.

"젠장!"

"그렇게 공을 세우고 싶었어?"

자현불의 죽은 얼굴을 발로 밟아 앞뒤로 굴리던 마애는 앞으로 한 발 나서며 고개를 들었다. 아직도 싸우는 모습이 그녀의 눈에 들어왔다. 그러다 다시 고개를 숙여 자현불의 얼굴을 쳐다보며 말했다. 자현불의 부릅뜬 눈이 억울한지 허공을 쳐다보고 있었다.

"네놈 때문에 그년의 가죽을 얻지 못해 화가 난다. 정말이야. 살아 있었다면 이번 일이 끝난 후 고문해 주려고 생각했는데⋯ 그것조차 못해서 더욱 화가 나. 멍청한 놈."

마애는 상체를 숙여 자현불의 눈을 감겨주었다. 그리곤 고개를 들어 죽어 있는 독선문의 무사들을 휘 둘러보며 다시 말했다.

"모두⋯ 멍청한 놈들뿐이야. 멍청한 놈들뿐."

그렇게 말한 마애는 살기를 뿌리며 걸어나갔다.

마애는 적당히 놀다 뒤로 물러나 싸움을 관망하고 있었다. 어차피 강풍도 죽고 강업도 죽었기 때문에 더 이상 이곳에서 자신에게 뭐라 할 사람도 없었고, 자신이 앞장서서 싸우는 것보다 이렇게 물러나 체력을 보존하는 게 옳다고 생각했다.

총당의 정문 주변으로 널린 시신들을 밟고 지나친 마애는 어느새 그들이 별원까지 물러가며 저항하고 있다는 것에 독한 놈들이란 생각이 들었다.

"하앗!"

퍽!

기합성과 함께 피로 얼룩진 도순기가 별원의 월동문을 등지고 서서 달려드는 무사를 베었다. 그 모습이 마애의 눈에 잡혔다.

"여기까지 용케도 버텼구나."

마애는 도순기를 비롯한 십여 명의 무사들이 마지막 월동문을 지키고 서 있는 모습에 혀를 찼다. 그들은 끝까지 저항했고, 지금은 지칠 대로 지쳐 있는 모습을 하고 있었다.

금방이라도 쓰러질 것 같은 모습을 하고서도 도순기와 몇 명의 호위무사들은 끝까지 저항을 하고 있었다. 그들의 모습이 얼마나 필사적인지 오히려 달려드는 무사들이 기세에 눌려 물러서고 있었다.

마애는 해남파의 무사들은 거의 죽고 살아남은 사람이 불과 십여 명이란 것을 알았다. 그 외에 나머지 백여 명은 모두 독선문의 무사들이었다.

"물러서라."

마애가 약간 큰 목소리로 말하며 앞으로 나서자 독선문의 무사들이 뒤로 물러섰다. 해남파의 무사들은 우측으로 물러섰다. 불과 십여 명만 남은 그들의 모습 또한 처참하였다.

"혈수……."

도순기와 호위무사들이 눈을 반짝이며 마애의 호면을 쳐다보았다. 하지만 가면에 가린 그녀의 얼굴을 그들은 볼 수가 없었다.

마애는 손을 들어 해남파의 무사들을 가리켰다.

"모두 죽여."

쉬악!

순간 미리 준비라도 한 듯이 독선문의 무사들이 해남파의 무사들을 기습하였다.

"크악!"

"이런 미친 새끼들!"

"이럴 수가!"

퍼퍼퍽!

순식간에 독선문의 무사들이 해남파의 무사들을 도륙하자 놀란 것은 천문성의 사람들이었다. 생각지도 못한 독선문의 행동 때문이었다. 하지만 그러한 놀람도 잠시였다. 마애가 앞으로 다가왔기 때문이다. 그녀가 다가오자 긴장할 수밖에 없었다. 혈수에 대한 소문을 그들도 들어서 알고 있었기 때문이다.

마애는 바닥에 쓰러져 있는 흑룡당 무사의 앞에서 잠시 걸음을 멈추었다. 그녀의 눈에 그가 쥐고 있는 도가 보였다. 마애는 허리를 숙여 도를 오른손에 잡아 들곤 앞으로 뻗었다.

"다 죽여."

마애가 짧게 말하며 도순기를 향해 빠르게 다가왔다. 순간 그녀의 뒤로 백여 명의 독선문 무사들이 사납게 기세를 올리며 달려들었다.

흥분한 천문성의 살아남은 무사들은 온 신경이 살기에 몰려 평소의 실력보다 몇 배나 되는 위력으로 싸우고 있었다. 모든 힘을 다 쏟아 부은 그들의 실력은 일류고수에 못지않았다. 그러한 그들의 예민한 신경을 마애가 끊어놓은 것이다. 바로 해남파의 살아남은 무사들을 죽이면서 생각지도 못한 행동을 보였기에 잠시의 당황스러움이 그들의 신경을 무디게 만들었다.

쉬악!

도순기의 도가 맹렬한 기세로 다가오는 마애의 목을 향해 쳐갔다. 마애는 한 발 앞으로 나서며 왼손을 들어 도순기의 팔을 잡으려 하였다. 잡는 순간 할퀴어 피부를 상하게 하면 그만이기 때문이었다.

쉭!

도순기가 뒤로 한 발 물러서며 도를 거두자 마애의 왼손이 허공을 갈랐다. 순간 도순기가 빠르게 회전하며 마애의 허리를 잘라오자 마애는 오른손을 들었다. 그녀의 손에 들린 도가 도순기의 도를 막았다.

깡!

금속음이 울리고 손목이 저리는 충격이 마애의 팔을 타고 전해졌다. 호면 안의 표정은 분명 그리 좋지 못할 것이다.

쉭!

도가 부딪치고 충격이 전해졌으나 신형은 도순기의 몸을 향하고 있었다. 그녀의 왼손이 빠르게 비어 있는 도순기의 어깨를 잡기 위해 날았다. 도순기가 재빠르게 도를 거두며 아래에서 위로 마애의 손목을 자르기 위해 원을 그렸다.

'휙!' 거리는 소리가 울리며 바람을 가르는 도순기의 도가 마애의 뻗은 손목을 자르려는 순간 거짓말처럼 마애의 손이 사라졌다. 그리곤 어느새 마애의 호면이 도순기의 눈앞에 나타났다.

"헉!"

도순기가 거짓말처럼 다가온 마애의 보법에 놀라 눈을 부릅뜨며 뒤로 물러서려는 순간 마애의 왼손이 도순기의 오른손을 잡았다.

"큭!"

휙!

바람 소리와 함께 그녀의 손에 들린 도가 도순기의 어깨에 올려져 있었다. 도날은 목에 살짝 닿은 채.

"크아악!"

그때 비명성이 울리며 쓰러지는 동료들의 모습이 도순기의 눈에 잡혔다.

"죽여라."

도순기가 굳은 표정으로 중얼거렸다. 그의 어깨는 미미하게 떨렸으나 눈은 불같이 타오르고 있었다. 두려움과 공포가 본능적으로 몸을 떨게 하였으나 이성은 죽음에 대한 두려움이 없는 것처럼 보였다.

"그 여자가 없습니다!"

안으로 들어간 독선문의 무사가 빠르게 달려와 말하자 마애의 어깨가 미미하게 떨렸다.

"튀었어?"

"그런 것 같습니다."

"큭큭!"

도순기가 순간 자신도 모르게 웃음을 흘렸다. 마애의 어깨가 떨렸기 때문이다. 당황스러운 목소리도 들리자 왠지 기분이 좋았던 것이다. 순간 눈앞으로 붉은 그림자가 번뜩였다.

팍!

"크악!"

얼굴을 잡은 마애의 왼손이 살짝 구부러지며 손톱들이 살을 파고들어 왔다. 다섯 개의 손톱이 얼굴 살을 파고들자 도순기의 얼굴이 피로 물들기 시작했다. 순간 마애는 손에 힘을 주어 밑으로 내렸다.

츄악!

"크어어억!"

다섯 개의 혈선이 얼굴을 가로질렀다. 순간 마애의 오른손이 위로 올라갔다.

퍽!

도순기의 목을 친 마애의 호면으로 피가 튀었다.

"쫓아라."

"예."

백여 명의 무사들이 일제히 후문으로 이동하였다. 마애는 도를 땅에 던지며 일어나 소매로 호면을 닦았다. 호면에 뚫린 눈 사이로 피가 튀어 들어왔기에 본능적으로 얼굴을 닦으려는 것이었다. 하지만 호면의 느낌만이 손을 타고 흐르자 자신이 조금은 흥분했다는 생각이 들었다.

第九章
눈은 땅을 본다

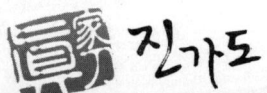
진가도

　"허억! 허억!"

　털썩!

　루애산을 거의 빠져나오자 잠시 자리에 주저앉았다. 진일
은 홍수려와 장단경이 나무에 기대어 앉자 잠시 숨을 몰아쉬
다 신형을 돌려 자신들이 달려온 루애산을 쳐다보았다.

　"자네도 쉬게."

　"아직은 끝난 것이 아니기 때문에 안심할 수가 없습니다."

　진일은 호흡을 안정적으로 바꾸며 둘이 안심하고 쉴 수 있
게 호법을 섰다.

　"진 단주도 쉬세요."

"아닙니다."

진일은 고개조차 돌리지 않은 채 대답했다. 그것이 홍수려는 아쉬운 듯 진일의 뒷모습을 쳐다보았다. 얼굴 전체를 감싸고 있는 천이 왠지 무겁게 그녀의 가슴을 누르기 시작했다.

'왜……'

홍수려는 그가 자신을 피하는 것 같은 기분이 들었다. 가슴이 답답해지기 시작했다.

'내가… 조금만 더 강한 사람이었더라면…….'

진일은 주먹을 굳게 움켜쥐었다.

'내가 조금만… 아주 조금만 더 빠른 사람이었다면…….'

입술을 깨물었다. 홍수려의 얼굴이 눈앞을 스쳤다. 피로 물든 그녀의 얼굴이 가슴을 때리기 시작했다. 모두 자신의 부족함 때문이란 생각이 들었다. 자책할 수밖에 없었다. 자신의 부족함과 무능력에.

'내 몸은 왜 이렇게 한심스럽단 말인가.'

지금까지 살아오면서 이토록 후회되기는 처음이었다. 수련을 게을리 한 적도 없었다. 가장 중요한 것이 바로 몸과 마음이 하나가 되어 움직이는 도법이란 생각에 쉬지 않고 도를 휘둘렀다.

누구보다 위로 올라가기 위해 노력했다고 생각했다. 그러한 노력이 한순간에 무너진 기분이 들었다. 그녀가 다친 것이

다. 자신이 눈으로 보고 있었지만 어찌할 수 없었다. 눈앞에
서 다친 것이다. 그저 바라만 봐야 했다. 그게 지금 자신을 미
치게 만들고 있는 현실이었다.

"……!"

진일은 눈을 크게 뜨며 산을 넘는 붉은 그림자를 노려보았
다.

"옵니다."

"빠르군."

장단경이 인상을 굳히며 자리에서 일어섰다. 곧 홍수려가
검을 들고 일어서다 비틀거리자 장단경의 안색이 어둡게 변
하였다. 지금 급한 것은 그녀를 의원에게 데리고 가는 것이었
다.

"왜 이러지."

홍수려가 비틀거리며 나무에 등을 기대었다. 고개를 들어
하늘을 쳐다보자 보이는 것은 흐릿한 사물들뿐이었다. 어지
러움과 함께 몸에 힘이 들어가지 않았다.

"자네도 많이 다쳤군."

"가벼운 외상만 있을 뿐입니다."

진일의 몸 역시도 피로 젖어 있었다. 자신의 것인지 남의
것인지조차 구분하기 힘들었다. 헝클어진 머리카락은 피에
젖어 말라비틀어졌으며 전신의 옷은 피로 물들어 있었다.

"일단 피할 만큼 피해보자."

"예."

진일은 대답하며 신형을 돌렸다. 홍수려가 나무에 기대 있는 것이 눈에 보였다. 눈이 마주치자 진일은 저도 모르게 고개를 돌렸다. 그녀의 눈을 똑바로 쳐다볼 자신이 없었기 때문이다.

"이동합시다."

장단경이 말을 하며 먼저 걸음을 옮기자 홍수려는 얼굴을 손으로 누르며 따랐다. 그 뒤로 진일이 뒤를 경계하며 나아갔다.

"서문산으로 향했습니다."

"예상대로군."

마애는 고개를 끄덕이며 걸음을 옮겼다. 어차피 살아남았다면 도주로는 문산으로 향하는 길뿐이었다. 문산 너머에는 그들의 분타가 자리를 잡고 있었기 때문이다. 그곳까지 가게 되면 그들도 안심할 것이다.

그곳으로 가기 전에 그들을 잡아야 했다. 그리고 그 마지막 장소가 문산의 옆에 있는 서문산이었다. 서문산의 능선을 넘게 되면 포기해야 한다. 더 이상 나아가다간 광동성 최대 분타인 문산 분타에와 싸워야 했기 때문이다.

천문성에서 강동성에 가장 많은 인원을 내보낸 곳이 문산 분타였다. 그곳은 광동성과 복건성의 입구와 같은 곳이기 때문이다. 그곳까지는 독선문도 섣불리 나서지 못했다. 문산 분타에 존재하는 이천의 인원과 그 뒤로 십여 개의 문파들이 천문성과 함께하기 때문이다.

또한 루애산의 분타로 이동하기 위한 사백의 인원도 그곳에서 대기하고 있었다. 그들까지도 생각해야 했다.

"지루한 달리기군."

마애는 서문산까지 삼 일 동안 달려야 한다는 생각에 고개를 저었다. 물론 그곳에는 미리 보낸 매복이 존재하고 있었지만 그들을 믿을 수가 없었다. 장단경의 무위를 보았기 때문이다. 해남의 고수라는 강업조차 상처 없이 이긴 인물이었다. 그런 자를 오십의 매복으로 막기란 힘들 거라 여겨졌다.

쫘아악!

천을 강하게 쥐어 물을 짠 진일은 허공중에 몇 번 털었다. 자신의 소매를 뜯어 말끔하게 빨았지만 얼룩진 핏자국은 지워지지 않았다.

졸! 졸!

발밑으로 흐르는 시냇물의 맑은 소리가 귀에 들려왔으나 주변의 풍경을 감상할 시간이 없었다. 해가 지기 시작했고 추적은 계속되었기 때문이다.

홍수려가 냇가의 옆에 작은 모래밭 위 바위에 기대어 앉아 있었다. 그 옆에는 장단경이 앉아 있었는데 가부좌를 틀고 운기를 하고 있었다. 그 모습을 물끄러미 쳐다보았다. 아니, 부러운 시선으로 바라보았다. 자신은 할 수 없는 것이었기 때문이다.

슥!

눈을 감고 있는 홍수려의 앞에 진일은 앉았다. 홍수려는 잠을 자는지 눈을 감고 있었다. 그녀의 긴 속눈썹과 피에 젖은 머리카락이 시선을 잡았다.

가만히 손을 뻗어 이마의 땀방울과 핏자국을 훔쳤다. 혹시라도 잠에서 깰까 봐 걱정되는 표정으로 손을 움직였다. 머리카락을 뒤로 넘겨주었다. 그런 후 얼굴을 가린 천으로 손을 움직였다. 움직이는 손은 조금 떨고 있었다. 막 손끝이 얼굴을 가린 천에 닿으려 할 때 홍수려의 눈이 떠졌다.

탁!

홍수려의 손이 얼굴로 뻗은 진일의 손을 잡았다.

"만지지 마."

낮은 목소리였다. 진일은 고개를 돌렸다.

"하지만… 피라도 닦아내야 합니다."

"내가 하지."

홍수려의 목소리는 차가웠다. 진일은 그녀의 차가운 목소리가 그저 상처의 아픔 때문에 화가 나서 그런 것이라 생각했다.

슥! 슥!

"크으으윽!"

신음 소리에 진일이 놀라 고개를 돌렸다. 끔찍하게 벌어진 살과 피에 젖은 천이 달라붙어 벗기려 하자 고통을 전해준 것이다.

"으윽!"

신음성을 내뱉으며 천을 벗긴 홍수려는 진일을 향해 시선을 돌렸다. 진일의 안색은 굳어져 있었다. 그녀의 왼 볼로 세 개의 큰 상처가 입을 벌리고 있었기 때문이다. 그녀의 얼굴은 그 상처로 인해 전혀 다른 사람처럼 변해 버렸다.

"흉하지?"

진일은 인상을 굳히며 고개를 저었다. 홍수려는 손을 뻗어 진일의 손에 들린 천을 잡았다. 진일은 저도 모르게 고개를 돌렸다. 가슴이 터질 것 같은 분노가 전신을 감쌌기 때문이다. 진일이 고개를 돌리자 홍수려의 눈빛이 차갑게 변하였다. 자신을 똑바로 안 보고 있었기 때문이다. 또다시 그는 고개를 돌려 버린 것이다.

"으음."

홍수려는 신음성을 내뱉으며 상처를 물에 젖은 천으로 조심스럽게 닦았다. 아직도 피가 조금씩 흐르고 있었다.

"제가……."

"건드리지 마."

진일은 손을 뻗다 그녀의 날카로운 시선에 몸을 굳혔다. 홍수려는 차갑게 진일을 쳐다보다 천을 건넸다. 말을 하는 것도 아픈지 그녀는 인상을 찌푸렸다. 그러자 흉터가 일그러졌고, 그 모습이 보기 흉하게 변하였다.

"다시 빨아줘."

진일은 대답없이 받아 쥐곤 냇물에 앉아 다시 빨기 시작했다.

숙! 숙!

얼굴을 천으로 감고 있는 홍수려의 눈동자는 미미하게 떨리고 있었다. 진일은 손길이 살을 타고 전해졌기 때문이다. 그녀의 눈동자에서 눈물방울이 흘러내렸다. 그것을 진일은 뒤에 있었기에 볼 수가 없었다.

"솔직히 말해줘."

"어떤……?"

매듭을 묶고 있던 진일의 손이 잠시 멈추었다. 홍수려의 목소리가 잠겼기 때문이다.

"나… 예뻐?"

"물론."

"거짓말."

홍수려의 목소리가 갑자기 차갑게 변하였다. 진일의 표정이 어둡게 변하였다. 거짓말이란 말에 대답을 하지 못한 것이다. 차마 할 수가 없었다. 그녀의 상처를 보면서도 아무것도 못한 자신의 나약함에 분노했다. 모든 것은 자신 때문이라고 생각했던 것이다.

홍수려의 상처는 치료한다 해도 그 흉터가 영원히 얼굴에 남을 것이다. 그것을 진일은 알고 있었다.

홍수려도 그것을 감으로 느끼고 있었다. 손끝을 타고 흐르는 상처의 느낌과 아픔이 그것을 말해주었기 때문이다. 진일은 천천히 말했다.

"예뻐. 정말이야."

진일의 말에 홍수려가 어깨를 떨었다. 막 고개를 돌려 무슨 말을 하려던 찰나 진일의 신형이 그녀를 지나쳐 앞으로 몇 걸음 옮겨갔다. 장단경이 그 순간 눈을 떴다.

"가까이 온 것 같습니다."

"그렇군."

장단경은 고개를 끄덕였다. 숲이 움직이는 소리를 들었기 때문이다. 일반적으로 어둠은 그 소리가 작더라도 낮보다는 멀리 가게 마련이다.

"출발하자."

"예."

홍수려가 일어나며 진일을 쳐다보았다. 진일은 그녀와 눈이 마주치자 신형을 돌려 어둠 속을 쳐다보았다.

홍수려의 눈동자가 흔들렸다. 실망감이 가슴을 때렸다. 입으로는 어떤 말이라도 할 수 있지만 눈을 그렇지 못하기 때문이다. 그리고 진일은 얼굴을 다친 이후 자신을 한 번도 똑바로 본 적이 없었다. 지금 이 순간에도.

쉬는 것은 잠시였다. 그리고 자는 것도 불과 한 시진에 불과했다. 그저 어느 정도의 거리만을 남겨둔 채 다가오는 것처럼 느껴졌다. 그것이 이상했다. 조금이라도 쉬려고 하면 붉은 그림자가 눈에 보일 정도로 달라붙었다.

다시 떨어뜨려 놓고 쉬려 하면 정확하게 한 시진 정도만 놔둔 채 다시 다가왔다. 그래서일까? 자는 동안에도 불안감은 여전히 남아 있었다.

"마치… 가지고 노는 것 같은 기분이군."

장단경이 인상을 찌푸리며 서문산의 중턱에 앉아 중얼거렸다. 또다시 그들의 모습이 눈에 잡혔기 때문이다.

"그래도 이곳만 넘으면 문산입니다."

"문산 분타에서는 사람이 나왔을까?"

"루애산의 소식을 며칠 동안 접하지 못했을 터이니 분명 문산 앞까지 척후병이 나와 있을 것입니다. 또한 이 지역 전체에 비상을 걸어 독선문과 해남파에 대한 경계를 하고 있을 것입니다."

장단경은 진일의 말에 고개를 끄덕이며 자리에서 일어섰다. 순간 진일의 안색이 굳어지며 길 위를 쳐다보았다.

"매복!"

"이런."

장단경도 고개를 돌려 길을 막고 서 있는 오십 인의 붉은 무리를 쳐다보았다. 홍수려는 불안한 안색으로 길을 막아선 독선문의 무사들을 쳐다보았다. 진일은 신형을 돌려 아래쪽을 쳐다보았다. 아래쪽에는 붉은 무사들이 무리를 지어 모여들고 있었다.

"위로 간다."

장단경이 십여 장의 거리를 두고 위에 서 있는 무사들을 향해 검을 뽑아 들고 달려들었다. 그 뒤로 홍수려와 진일이 따라붙었다.

"쳐라!"

날카로운 외침이 터지며 위에 서 있던 무사들이 일제히 달려 내려왔다. 약간의 경사가 있는 곳이기에 그들은 탄력을 받아 더욱 맹렬히 내달렸다.

위치적으로 볼 때 위에 있는 사람이 밑에 있는 사람보다 유리했다. 그것은 당연한 일이다. 하지만 그것을 장단경의 검이 극복하였다.

파팟!

검광이 번뜩이자 세 명의 무사가 피를 뿌리며 쓰러졌고, 장단경은 일직선으로 앞으로 내달리며 날아드는 삼혈조를 피하며 검을 움직였다. 지금은 막는 것보다 피하면서 적을 죽이는 게 중요했다.

"크악!"

비명성이 울리며 맹렬하게 장단경은 오십 인의 중앙을 뚫고 나갔다. 그 뒤로 홍수려와 진일이 따라붙었다.

내려오던 무사들은 어느 순간 신형을 멈춰 세웠다. 공격하려던 십여 명의 무사들은 땅에 피를 뿌리고 있었다. 일 자로 늘어선 셋의 검과 도를 피하지 못한 것이다.

"허억! 허억!"

산의 고개 끝에 오른 셋은 숨을 거칠게 몰아쉬었다.

"크으윽!"

장단경이 신음성을 흘리며 자신이 올라온 밑을 내려다보았다. 그곳으로 붉은 무사들이 올라오고 있었다. 장단경은 옆구리를 잡고 인상을 찌푸렸다. 그곳에서 흘러내린 피가 바지를 적시고 있었다. 가장 앞에서 길을 뚫었기 때문에 무리할 수밖에 없었고, 그의 옆구리에 삼혈조의 깊은 상처가 남게 된 것이다.

"장 단주."

놀란 홍수려가 다가오자 장단경이 허리를 펴며 미소를 보였다. 그런 장단경은 잠시 홍수려의 눈으로 시선을 보내다 진일을 향해 말했다.

"이곳에서 시간을 벌 테니 자네는 아가씨와 함께 문산 분타로 가게나."

"그게 무슨 말씀입니까?"

"나보다 자네가 더 빠르지 않나?"

진일은 순간 인상을 굳혔다. 외상이 많았으나 치명적인 상처는 아직 진일에게 없었다. 그게 장단경과의 차이였다.

"그럴 수는 없습니다."

장단경은 피식거리며 손을 품에 넣어 책을 한 권 꺼냈다. 얇은 책이었으나 장단경에게는 중요한 책이었고 목숨과도 같은 것이었다.

"이걸 무룡권의 관주에게 전해주게."

"예?"

"시간이 없다."

장단경은 망설이는 진일의 손에 쥐어주곤 다시 말했다.

"이걸 자네가 익혀도 상관없어. 하지만 아무리 익혀도 결국 내 나이가 되었을 때 나 정도의 고수가 되겠지."

장단경은 씁쓸히 말하며 신형을 돌려 밑을 내려다보았다.

"아무리 무공을 익힌다 하여도 결국 고수가 되는 것은 상승의 무공을 익혔을 때나 가능한 말이지. 천하제일을 노린다면 천하제일의 무공을 익혀야겠지. 하지만 나 정도의 고수가 되고 싶다면 그것을 익혀도 상관없다. 세상이 불공평하다는 것을 천문성에 들어와서야 알 수 있었다."

진일의 표정이 굳어졌다. 떨리는 눈으로 손에 쥐어진 얇은 책자를 쳐다보았다.

"강호는 비정한 곳이다. 너무 비정해서 눈물이 나는구나. 허허허."

장단경은 고통스러운 표정을 애써 숨기듯 웃어 보였다.

"가거라. 이제 내가 할 일을 너에게 인계하였다. 아가씨를 천문성으로… 부탁한다."

진일은 크게 숨을 내쉬었다. 그리곤 홍수려의 손을 잡았다. 홍수려가 그런 진일의 손을 뿌리쳤다.

"장 단주."

"가십시오."

"하지만……."

홍수려가 망설이듯 다가오자 장단경이 인상을 굳히며 고개를 돌려 홍수려를 쳐다보았다.

"성에서 다시 만납시다."

"약속하세요."

장단경이 고개를 끄덕이며 미소를 보였다. 그제야 홍수려는 진일의 손을 잡았다. 진일은 잠시 장단경과 눈을 마주하다 고개를 돌리며 달리기 시작했다. 홍수려가 그런 진일의 손에 이끌려 달렸다. 그들의 모습이 빠르게 밑으로 내려가자 장단경은 가슴을 펴며 옆구리를 잡았던 손을 내려놓곤 검을 늘어뜨렸다.

"휴우……."

깊게 숨을 내쉰 장단경은 어느새 삼 장 앞까지 접근한 그들을 향해 땅을 차며 뛰어올랐다.

휘리릭!

고개의 정상에서 밑으로 뛰어내리는 그의 모습은 마치 한 마리 독수리처럼 사나웠으며, 한순간에 검광과 함께 붉은 무리의 중앙으로 떨어져 내렸다.

퍼퍼퍽!

"크아악!"

서문신을 내려오자 작은 냇물이 흘렀고, 다리가 하나 있었다. 그 다리를 넘으면 문산의 초입이었다. 그런데 더 이상 앞으로 나갈 수가 없었다. 다리 위에 한 명의 붉은 인영이 서 있었기 때문이다.

"허억! 허억!"

숨을 몰아쉬던 진일은 허리를 폈다.

"휴우!"

한 번에 숨을 길게 몰아쉬었다. 그의 뒤에는 홍수려가 서 있었다.

"호면……."

진일은 가만히 중얼거리며 다리의 중앙에 서 있는 호면여인을 응시했다.

슥!

도를 늘어뜨린 진일은 잠시 고개를 들었다. 햇살이 머리 위

에 떠 있었고, 서늘한 바람이 불어오자 왠지 모르게 가슴이
시원해지는 것 같았다. 조금이라도 옆에서 충격을 주면 쓰러
질 것 같이 힘들었지만 지금은 머릿속이 맑아지는 기분이 들
었다.

"용케도 왔네."

호면여인의 목소리가 바람을 타고 흘러왔다.

"비키시오."

진일은 다리에 발을 들여놓으며 말했다. 순간 차가운 살기
가 온몸을 때렸다. 그 충격은 호면여인의 기도였다. 그녀의
영역으로 발을 들여놓는 순간 죽음이란 말이 머리에 떠올랐
다. 언제라도 호면여인이 손을 쓰면 죽일 수 있는 거리에 들
어왔다는 것을 알게 되었다.

"독선문이군요."

홍수려가 진일의 옆으로 다가와 말을 하다 그 살기에 놀라
잠시 주춤거렸다. 호면여인의 고개가 홍수려를 향했다. 그녀
의 얼굴이 천에 가려져 있자 어깨를 흔들었다.

"호호."

웃음소리가 흘러나왔다.

"사미 중 하나가 이제 사라졌군. 이처럼 기분 좋은 일이 어
디에 있을까?"

그녀의 말에 홍수려의 눈동자가 흔들렸다.

"이 눈으로 직접 보고 싶은데……. 생각보다 흉하지 않다

면 얼굴에 거미줄을 그려줘야겠지?"

쉭!

순간 마애의 신형이 번개처럼 홍수려를 향해 다가왔다.

홍수려의 안색이 굳어졌다. 피하고 싶은데 앞으로 뻗어 나온 마애의 붉은 손을 피할 수가 없었다. 몸이 말을 안 들었기 때문이다. 며칠 동안 잠도 제대로 못 자고 먹을 것도 못 먹은 채 달렸기 때문이다. 바닥난 체력은 그녀의 몸을 생각처럼 잘 움직이지 않게 했다.

팍!

바람 소리가 일어나며 붉은 손끝에 음양도의 백색 도면이 약간의 거리를 두고 마주했다. 진일이었다.

"소문은 들었소. 홍의혈수… 잔인한 여자라고 들었는데 그 소문처럼 말하는 것도 잔인하군."

"호오."

마애는 조금 놀란 듯 한 발 물러섰다. 손끝에서 핏방울이 흘러내렸기 때문이다. 음양도가 날아들자 손을 움직여 피함과 동시에 다가가려 했으나 살이 살짝 베이자 손을 멈춘 것이다.

"삼 일 동안 그렇게 달렸는데… 멀쩡해 보이는군."

진일은 그 말에 살기 어린 시선으로 호면을 쳐다보았다. 마애의 말처럼 금방이라도 쓰러질 것처럼 힘들었으나 오히려 바닥난 체력이 그 끝에 이르자 평소보다 더욱 예리한 감각을 유지하게 되었다.

"재미있는 놈이군."

마애는 중얼거리며 붉은 왼손을 뻗었다. 붉은 손이 이마에 닿으려는 순간 진일의 신형이 낮게 앉으며 다리를 베어갔다. 그 적절함에 마애가 펄쩍 뛰어올랐다. 그러자 진일이 외치며 상체를 들어 올림과 동시에 마애의 다리를 베어갔다.

"건너!"

쉬악!

바람 소리와 함께 음양도가 원을 그렸다. 마애의 호면이 진일의 옆에서 다리를 건너는 홍수려를 향했다. 그런 그녀의 신형이 옆으로 눕혀지며 달려 넘는 홍수려의 뒤통수로 손을 뻗었다.

다리의 폭이 좁았기에 홍수려가 다리를 건너려면 필연적으로 마애의 옆을 지나쳐야 했다. 손만 뻗으면 닿는 것이다. 홍수려가 고개를 돌려 뻗어오는 붉은 손의 모습을 확인하였다. 그녀 역시도 지쳤지만 상당한 수련을 쌓았었다. 고개를 숙이며 마치 활처럼 앞으로 뛰었다.

획!

마애의 손이 허공을 치며 회전하며 땅에 내려서는 순간 그녀의 호면 너머로 진일의 신형이 다리 밖으로 나가는 것처럼 보였다. 하지만 진일은 반원을 그리며 반대편으로 내려섰다.

"회풍보……."

마애는 신형을 돌리며 어느새 반대편에 서 있는 둘을 쳐다보았다. 진일에게 당한 것이다. 그것을 그의 눈빛이 반짝거림으로 알 수 있었다.

"건방진 놈."

쉭!

마애의 손이 앞으로 뻗어 나오며 진일을 향해 날아들었다. 진일은 그녀의 손이 빠르게 가슴으로 뻗어오자 위로 반원을 그리며 손목을 잘라갔다. 하지만 마애의 손은 그 순간 사라졌다. 진일의 안색이 굳어졌다. 그녀의 손이 자신의 팔을 잡아왔기 때문이다.

마애는 이미 수십 번 싸움을 통해 일반적으로 사람들이 방어를 위해 자신의 손목을 잘라간다는 것을 예상하고 있었다. 그것을 알기에 뻗어가는 척하며 손을 빼고 도가 지나치자 그 손을 잡아간 것이다. 팔만 잡으며 손톱이 살을 파고들어 갈 것이다.

팟!

진일의 신형이 뒤로 한 발 물러서며 도를 들어 자신의 왼 얼굴을 가렸다. 순간 손을 뻗던 마애의 호면 위로 빛이 반사되었다.

"큭!"

마애의 신형이 주춤거렸다. 햇살이 음양도의 백색 도면에 반사되어 눈을 찔렀기 때문이다.

붕!

순간 바람 소리가 크게 일어나며 호면 위로 도가 떨어졌다. 마애는 신형을 옆으로 돌리며 피함과 동시에 몸을 일으키는 진일의 옆구리로 혈수를 찔러갔다. 순간 마애의 눈앞으로 검은 도면이 나타났다. 목을 찔러온 것이다. 재빠르게 마애는 허리를 옆으로 구부렸다.

팟!

어깨를 스치고 도가 사라지는 순간 눈앞으로 백색 도광이 번뜩였다.

"헉!"

마애가 헛바람을 삼키며 뒤로 몸을 뒤집어 한 바퀴 돌았다. '삭!' 거리는 얇은 종이 소리 같은 음색과 함께 휘어진 그녀의 배를 스치고 도가 지나쳤다. 한 바퀴 뒤로 돌아 몸을 세운 순간 마애의 눈동자가 굳어졌다. 눈앞에 진일의 모습이 보이다 순간적으로 좌측부터 검게 변했기 때문이다.

퍽!

"아아악!"

마애가 어깨를 잡으며 뒤로 물러섰다. 진일의 도세에서 일어나는 세 번의 변화까지 읽지 못한 것이다. 마애는 어깨의 살이 깊게 잘리며 튀어나온 가슴까지 살짝 베였다. 오른팔로 가슴을 가리며 어깨를 잡은 마애는 신형을 떨었다.

"네놈이……."

마애의 호면 속에서 분노에 찬 눈동자가 번뜩였다.

슥!

진일은 도를 앞으로 뻗으며 충혈된 눈으로 호면을 노려보았다. 그런 진일의 기세 역시 대단하였다. 마애에게 자신의 도가 통했기 때문이다. 번개처럼 일어난 세 번의 변화가 통한 것이다. 자신이 수련한 암도법이.

단지 그 초식으로 마애를 죽이지 못한 것이 아쉬울 뿐이었다. 평소였다면 분명 어깨부터 반대편의 가슴까지 잘랐을 것이다. 하지만 힘이 들어가는 섯도 힌계에 다다르고 있었다.

"이름."

진일이 그녀의 목소리에 눈살을 찌푸렸다.

"이름을 말해, 이 새끼야!"

마애의 외침에 진일은 차갑게 말했다.

"진일."

두두두두!

진일의 이름이 흘러나온 순간 말발굽 소리가 요란하게 대지를 진동하기 시작했다. 그리고 문산 쪽에서 먼지구름이 일어나는 모습이 마애의 시선에 잡혔다.

"칫!"

마애가 신형을 돌렸다.

"기억해라. 나의 이름은 마애다. 언젠가 네놈의 목을 가져갈 테니, 그때까지 기필코 살아 있어라."

마애가 이내 빠르게 걸음을 옮겼다. 그녀가 산속으로 사라진 후 말소리가 바로 옆에서 들려왔다. 그리고 이십여 명의 무사들이 그들 앞에 나타나 부복하였다. 모두 천문성의 무사들이었다.

드륵! 탁!

문을 닫은 의원은 사십대 중반의 인물이었다. 그는 굳은 표정으로 문을 닫고 걸음을 옮겼다. 왠지 기분이 좋지 않았기 때문이다.

"상태는 어떻소?"

문밖에 서 있던 진일은 의원이 나오자 물었다. 의원은 안색을 밝히며 말했다.

"아직 열이 있으나 그것도 하루 정도 더 푹 쉬면 나아질 것입니다. 하지만 워낙 상처가 깊어… 그 흉터가 오래갈까 두렵습니다."

"흉터에 대한 이야기는 누구에게도 하지 말게."

진일의 목소리에 힘이 담겨 있었다. 그것은 홍수려를 생각하는 마음에서 한 말이다. 그러자 의원이 고개를 끄덕였다.

"명심하겠습니다."

진일은 고개를 끄덕였다. 곧 의원이 월동문을 넘어서자 시선을 돌려 방문을 쳐다보았다. 하지만 들어가지는 못했다. 그럴 용기가 없었기 때문이다.

"아악!"

순간 비명성이 방 안에서 터져 나왔다.

"무슨 일입니까?"

드륵!

"닫아!"

휙!

"……!"

진일은 날아드는 화병에 놀라 고개를 숙였다.

와장창!

머리를 지나친 화병이 벽에 맞아 깨졌다. 진일은 깨진 화병을 쳐다보았다.

"닫으라고!"

진일은 소리없이 문을 닫았다. 그리곤 깨진 화병을 주섬주섬 치우기 시작했다.

거울을 바라보고 있는 얼굴은 고운 얼굴이었다. 하지만 그것은 오른 얼굴뿐 왼 얼굴은 상반되게 보였다.

주륵!

눈을 타고 흘러내리는 눈물은 곧게 볼을 타고 흐르지 않았다. 몇 겹의 산을 넘듯 그렇게 고개를 타고 흘러내렸다.

슥!

손을 들어 깊은 흉터 자국을 손으로 만졌다. 거친 느낌이

손끝을 타고 흘러들었다. 멍하니 자신의 얼굴을 보던 홍수려
는 손을 움직여 머리끈을 풀었다.

사락!

머리카락이 길게 흘러내렸다. 얼굴을 모두 머리카락이 가
려주자 홍수려는 오른쪽의 머리카락만 귀 뒤로 넘겼다. 반쪽
의 얼굴이 눈에 들어왔다. 하지만 나머지 반쪽은 머리카락에
가려 사라져 버렸다. 잃어버린 것이다, 나머지 반의 얼굴을.

"문산 분타주를 불러주세요."

"예."

진일의 대답 소리에 홍수려는 다시 한 번 어깨를 떨었다.

"부르셨습니까?"

드륵!

문을 열고 들어온 문산 분타주는 사십대 초반의 인물로 덩
치가 좋은 호걸형의 인물이었다. 이름은 장만호로 삼 년 전
문산 분타주가 된 인물이다. 홍수려의 뒷모습을 잠시 바라보
았다. 엉덩이 밑에까지 내려온 그녀의 긴 흑발과 햇살에 반사
되어 빛나는 그녀의 뒷모습이 마치 하나의 조각처럼 느껴졌
기 때문이다.

"분타주."

"예? 예!"

문산 분타주가 재빠르게 부복하였다.

슥!

신형을 돌린 홍수려의 발이 장만호의 눈에 들어왔다. 막 고
개를 들려는 순간 차가운 목소리가 귀를 때렸다.

"제 얼굴을 볼 용기가 분타주에게는 있나요?"

순간 알 수 없는 미묘한 느낌이 그의 등을 스치고 지나쳤
다. 그것은 불안함이었고 본능적인 위험이었다.

"없습니다."

슥!

그의 눈에서 발이 사라졌다. 그녀가 내실로 들어가고 있었
기에 발소리만 들려왔다.

"의원을 죽여주세요."

"예?"

장만호가 놀라 본능적으로 고개를 들었다. 순간 뒷모습이
눈에 차자 아차 하는 마음으로 급하게 다시 고개를 숙였다.

"죽이세요."

똑같은 말이 다시 들려왔다. 장만호가 인상을 찌푸리며 낮
게 입을 열었다.

"하지만 의원을 죽이면 이 근방의 주민들이 악감정을 가지
게 될 것입니다."

"의원을 안 죽이면 네가 죽어."

"흡!"

장만호의 안색이 굳어졌다.

드륵!

"휴……."

문을 나선 장만호가 깊게 숨을 내쉬며 고개를 저었다.

"무슨 일이십니까?"

진일의 물음에 장만호가 인상을 찌푸리며 중얼거렸다.

"아가씨는 선한 분이라고 들었네만……."

"예?"

"아니… 아무것도 아닐세."

장만호는 무거운 표정으로 손을 흔들곤 걸음을 옮기기 시작했다. 진일은 잠시 닫힌 문을 쳐다보았다. 그 속에 서 있는 홍수려의 모습이 눈에 잡히는 것 같았다.

세상은 어둡게 변해 있었다. 모든 것을 집어삼킬 것 같은 어둠 속에서 진일은 말을 몰고 있었다. 그의 옆에는 홍수려가 갓을 깊게 눌러쓰고 천천히 말을 움직이고 있었다. 그녀가 밤에 이동하자고 했기 때문에 해가 지자 문산 분타를 빠져나온 것이다.

"낮에는 자고 밤에만 이동해요."

"예."

"둘만 있는데도 그러실 건가요?"

홍수려의 목소리가 차가웠다.

"미안."

진일의 말에 홍수려는 입을 닫았다.

다각! 다각!

말이 움직이는 발굽 소리가 어둠 속에서 마치 음률처럼 흘러들었다. 침묵이 계속해서 이어졌다. 오직 들리는 것은 말발굽 소리뿐이었다. 그렇게 두 시진 정도 흘렀을 때 물소리가 그들의 귓가에 들려왔다.

"쉬었다 가요."

"그래, 불을 피울게."

타탁!

모닥불 소리가 밤공기 사이로 흘러내렸다. 그 앞에 담요를 덮고 갓을 눌러쓴 홍수려가 앉아 있었다. 반대편에는 진일이 앉아 타오르는 불을 쳐다보고 있었다.

"배는 안 고파?"

진일이 옆에 놓은 행낭 속에서 건포를 꺼내자 홍수려가 고개를 저었다. 진일은 이내 행낭 안에 다시 건포를 넣었다.

"진 가가."

"응?"

진일이 고개를 들어 갓을 눌러쓴 홍수려를 쳐다보았다.

"정말 저를 사랑하나요?"

급작스러운 그녀의 질문에 진일은 눈을 부릅떴다. 하지만

눈은 땅을 본다 287

그것도 잠시, 이내 고개를 끄덕이며 말했다.

"물론."

그 말에 홍수려가 자리에서 일어나 진일의 옆에 다가와 앉았다. 진일은 그저 타오르는 불꽃만 응시했다.

"그럼 안아주세요."

슥!

갓을 벗은 홍수려가 진일을 쳐다보았다. 진일은 순간 그녀의 얼굴을 쳐다보다 흉터가 눈에 들어오자 고개를 돌렸다.

"그건… 큭!"

진일은 침음을 삼키며 주먹을 말아 쥐었다. 어떻게 지금 그녀를 안을 수가 있겠는가? 그녀의 고통을 옆에서 지켜보며 아무것도 못한 자신인데… 가슴이 찢어질 것같이 아파오는데 어떻게 안을 수가 있겠는가?

"지금은 할 수가 없어… 지금은……."

진일은 굳은 표정으로 낮게 말했다. 당당히 그녀 앞에 한 사람의 무인으로서 설 수 있을 때 그때 멋있고 화려하게 그녀에게 청혼할 생각이었다.

"내가 너무 초라해서… 감히… 너를 안을 수가 없구나."

"거짓말."

홍수려가 차갑게 중얼거리며 갓을 다시 쓰며 일어섰다.

"누가 이런 얼굴의 여자를 안으려고 하겠어요? 미치지 않고서야……."

탁!

진일이 그 말에 놀라 일어서며 홍수려의 손을 잡았다.

"연서……."

"놔!"

홍수려가 손을 뿌리며 신형을 돌렸다. 진일은 너무 놀라 눈을 크게 뜨고 그녀의 뒷모습을 바라보다 손을 뻗어 어깨를 잡았다.

"연서야."

순간 홍수려가 신형을 돌리며 진일의 손을 뿌리쳤다.

"그 이름… 두 번 다시 입에 담지 말아줘."

"……!"

第十章
야망을 꿈꾸는 자

진가도

쾅!

"뭣이라고!"

탁자를 부수며 일어선 이십대 초반의 청년은 불같은 표정으로 앞에 서 있는 삼십대 후반의 강인한 눈매를 한 인물을 쳐다보았다.

"그게 무슨 말인가? 전멸이라니? 도대체 무슨 소리란 말이야! 어떻게 그런 일이 있을 수 있단 말인가? 호법원의 사대가 모두 출동하고 흑룡당의 인원만 해도 근 천여 명이거늘……! 믿을 수가 없다!"

청년은 중년인을 마치 죽일 듯이 쳐다보며 대노하였다. 그러한 화가 가라앉을 때까지 중년인은 침묵을 지키고 있었다. 지금 이 순간에 어떤 말을 한다 하여도 눈앞에 서 있는 청년에게는 안 들릴 것이 분명하였다.

"빌어먹을……."

청년은 중얼거리며 자리에 다시 앉았다. 잠시 그렇게 앉아 호흡을 고르며 분을 삭인 청년은 고개를 들어 중년인을 향해 물었다.

"수려 누님은?"

"무사하십니다."

중년인의 대답에 처음으로 청년의 표정이 펴졌다.

"다행이군. 다행이야. 정말 다행이야."

청년이 고개를 끄덕이며 계속 중얼거리자 중년인이 다시 말했다.

"해남파와 독선문이 손을 잡은 것 같습니다. 그 둘이 합공을 했다고 하니 말입니다. 그렇지 않고서야 절대로 이런 일이 발생할 이유가 없겠지요."

"쥐새끼들이 손을 잡아봤자 쥐새끼이거늘… 감히……!"

청년은 주먹을 움켜쥐곤 살기를 뿌리기 시작했다.

"이대로 앉아 있을 수가 없구나. 호림원으로 간다."

"예."

청년은 자리에서 일어나 밖으로 걸어나갔다. 그 뒤로 중년인이 따라 걷기 시작했다.

천문성은 크게 삼원, 칠각으로 나뉘는데 삼원은 무력 단체였고 칠각은 주로 내정을 담당하는 곳이었다.

삼원은 호림원과 무림원, 유림원으로 나뉘어져 있었다. 그중에 호림원은 천문성 일대를 방어하는 무인들만 모인 곳으로 천문세가의 사람들이 전부였다. 칠당이 속한 곳은 바로 이호림원이었다.

천문성주의 둘째 손자인 문주영은 태어날 때부터 축복 속에 태어났다. 강호 최대의 문파라는 천문성주의 손자로 태어났기 때문이다. 부족할 것도 없었고 원하는 것도 없었다. 손만 뻗으면 모든 것을 잡을 수가 있었기 때문이다.

하지만 그런 그도 잡지 못하는 것이 두 가지 있었다. 하나의 형이라는 태양이었고, 또 하나는 홍수려라는 여자였다.

문주영은 부관인 호기천과 함께 호림원에 당도하였다. 그는 곧 호림원주의 서재로 안내되었다. 몇 개의 문을 지나 서재 앞에 서자 부관인 호기천은 뒤로 물러섰고 문주영이 안으로 들어갔다.

문주영은 숙부이자 호림원주인 문가혁과 시선이 마주쳤다. 하지만 그것도 잠시였다. 옆에서 가볍게 손을 들어 보이는 한 청년의 모습에 인상을 굳혔다. 자신의 형인 문자경도 앉아 있었기 때문이다.

"숙부님과 형님을 뵙습니다."

"앉거라."

문가혁은 사십대 초반으로 보이는 중년인으로 부드러운 인상을 하고 있었다. 특히 눈매가 여성처럼 고와 젊었을 때는 미남이란 소리를 많이 들었을 것 같았다. 그의 맞은편에 앉은 문자경은 강한 인상을 한 청년으로 굵은 눈썹과 날카로운 눈매가 인상적이었다.

"오랜만에 보는구나."

"예, 형님."

문주영이 자리에 앉으며 대답했다. 문자경은 그저 가벼운 미소로 문주영의 모습을 쳐다보다 고개를 돌려 문가혁에게 말했다.

"거 보십시오. 온다고 하지 않았습니까?"

문가혁이 고개를 끄덕였다.

"정말이군."

"예?"

문주영은 무슨 말인지 몰라 눈을 크게 떴다. 그러자 문자경이 말했다.

"네가 이번 일 때문에 몹시 화가 나서 올 거라고 했다. 봐라. 그 말을 한 지 일각도 안 되어 네가 오지 않았느냐? 하하하."

가볍게 웃는 문자경의 모습을 문주영이 노려보다 쏘아붙였다.

"형님은 웃음이 나오십니까?"

"왜?"

"누님이 다쳤다고 하는데 웃음이 나오냐구요! 너무하신 거 아닙니까?"

"나는 죽지 않았기 때문에 웃은 것이다."

문자경의 말에 문주영은 입을 닫고는 노려보았다. 그 모습이 귀여운지 문자경은 엷은 미소로만 대답했다.

"너희 둘은 여전히 사이가 좋구나."

"말도 안 됩니다!"

문주영이 소리치며 인상을 쓰자 문자경이 다시 웃었다. 문가혁도 가볍게 웃음을 보였다. 그 모습에 문주영이 고개를 돌렸다.

"쳇!"

문주영은 혀를 차며 깊숙이 의자에 몸을 묻었다. 그러자 문가혁이 조용히 말했다.

"네 기분을 모르는 것은 아니나 이번 일은 우리가 할 수 있는 게 아무것도 없다."

"무슨 말씀입니까, 숙부님?"

"그러니까, 잘 들어봐라."

문자경이 문주영을 향해 말하자 문주영이 시선을 돌렸다. 문자경이 천천히 물었다.

"수려가 누구의 손녀이지?"

"태상장로님의 손녀지."

"그럼 태상장님은 어디 출신이지?"

"금호방 출신이지."

"지금의 금호방주는 누구의 제자지?"

"태상장로님의 제자지."

"금호방주가 유림원주를 하고 있지?"

"물론 그렇지."

"이번 일은 유림원이 나서겠지?"

"그 정도는 알고 있거든."

문주영이 굳은 표정으로 대답하곤 인상을 찌푸렸다. 그러자 문가혁이 조용히 입을 열었다.

"해남파와 독선문에 대해서는 유림원이 나서기로 했다. 이건 좀 전에 위에서 결정된 일이니 그렇게 알거라."

"보복은 저도 해야 합니다. 흑룡당은 제 수족이지 않습니까? 그런 그들이 전멸하였는데 제가 아무것도 안 한다면 분명 비웃음을 당할 것입니다."

문주영의 강경한 말에 문가혁이 그리 길지 않은 수염을 쓰다듬며 고개를 끄덕였다. 문자경이 입을 열었다.

"동생에게도 기회는 줘야 한다고 생각하는데요, 숙부님."

문자경이 편을 들어주자 문주영이 눈을 부릅뜨며 미심쩍은 표정으로 문자경을 쳐다보았다. 평소에 자신을 도운 적이 거의 없는 문자경이었기 때문이다. 그러자 문자경이 손을 들어 보이며 말했다.

"솔직히 이번 일은 천문성 전체의 문제이지 유림원만의 문제는 아니라고 생각하니까 하는 말이다. 아버님은 유림원에 일임한다고 하셨지만 내 생각은 달라서 말이야. 네가 정 원한다면 아버님을 설득시켜 너를 유림원과 함께 광동으로 보낼 생각이다. 물론 좀 전까지 그 이야기를 숙부님과 하고 있었고."

"네 생각이 정 그렇다면 한번 말해보마."

문가혁이 문자경의 말을 이어 편을 들어주자 문주영의 안색이 밝아졌다.

"감사합니다, 숙부님."

"그런데 흑룡당이 전멸한 것은 아니더군."

문자경이 가볍게 눈을 빛내며 말하자 문주영은 조금 놀란 표정을 보였다. 살아남은 흑룡당의 대원이 있다는 말은 대단히 반가운 말이었기 때문이다. 한 명이라도 살아 있다는 것이 어디인가? 모두 소중한 자신의 수하였다.

"전멸이 아니라고?"

"한 명이 끝까지 살아서 수려를 보호했다고 한다. 이번에 성에 도착하면 그 녀석에게 포상이라도 줘야겠지? 그런데 이름이 뭐였더라······?"

문자경이 이마에 주름을 만들었다. 그러자 문주영도 팔짱을 끼고 이마에 주름을 그렸다.

"진일? 진일이 이번에도 살아 돌아온다고?"

"예, 각주님."

"휴우, 다행이구나."

자리에서 일어나 놀란 가슴을 부여잡던 종영영은 한숨을 깊게 내쉬며 자리에 앉았다. 그녀의 맞은편에 앉은 이십대 후반의 여인이 그 모습에 찻주전자를 들며 미소를 보였다.

"특별한 감정이 있다고 하시더니… 그 소문이 사실이었군요."

또르륵!

종영영의 앞에 놓인 잔에 차를 따른 그녀는 자신의 찻잔에도 차를 따르곤 다시 말했다.

"정말 양자로 삼을 생각이세요?"

"그 녀석이 좋다고만 하면."

"평생 혼자 사시겠다고 하시더니… 결국 외로우신 거군요?"

"그것보다, 화화각은 요즘 어때?"

종영영은 쓸데없는 질문을 한다는 생각에 눈앞에 앉은 화화각주 신주주를 향해 물었다. 신주주는 살짝 눈살을 찌푸리며 미소를 보였다.

"늘 그렇죠. 하는 일이야 늘 그렇듯이 행사뿐이니……. 이번에 진일이란 사람이 돌아오면 축하연이라도 열어줄까요? 언니의 부탁이면 해줄 수도 있는데……."

말을 돌리다 여전히 화제를 진일로 바꾸는 신주주였다.

"누가 신씨세가의 딸내미 아니랄까 봐……. 그것보다 시집은 안 가니?"

순간 신주주의 안색이 굳어졌다. 가장 싫어하는 말을 들었기 때문이다. 노처녀의 심정을 누구보다 잘 아는 종영영이었기에 그 질문의 아픔을 가장 잘 알고 있었다.

신주주는 잠시 그렇게 흥분한 표정을 보이다 가슴을 진정시키며 차를 한 모금 마신 후에 말했다.

"저는 처음에 진일이란 젊은 애송이와 언니가 혼인을 하는 줄 알고 얼마나 부러워했는데요. 내심 도둑도 너무 심한 도둑질이라 생각했지요."

"훗. 그것보다 현마각주의 정보는 확실한 것이겠지? 진일이 살아 있다는 것."

"제가 그럼 거짓말을 하겠어요? 아가씨를 끝까지 보호해서 결국 독선문과 해남파의 추적을 뿌리치고 복건성에 들어와 현재는 본성으로 향해 오고 있다고 해요."

"위에서는?"

"포상을 주겠죠."

종영영이 고개를 끄덕였다.

"그런데 듣자 하니 그자는 몇 번 그렇게 혼자서 살아 돌아왔다는데… 무슨 특별한 수가 있는 것은 아닐까요?"

"본능이지."

종영영이 차갑게 미소를 보였다. 그 미소의 서늘함에 신조

조는 눈을 반짝였다. 종영영이 그자를 양자로 삼으려는 이유에 대해서 어느 정도 알 것 같은 기분이 들었기 때문이다.

*　　　*　　　*

해가 진 후에만 이동하였기 때문에 천문성에 도착한 것도 새벽녘이었다. 그때 그 이후 둘은 거의 대화를 하지 않게 되었고, 가끔 그저 움직일 때만 한두 마디 하는 정도가 다였다.

진일은 수려가 아직까지 상처의 고통이 가슴에 남아 있기 때문에 자신에게 이렇게 차갑게 대한다고 생각했다. 누구라도 그러한 상처를 입게 된다면 며칠 동안은 아무것도 못할 것이고 세상 자체가 싫어질 것이다.

진일은 그저 시간이 약이라고 생각했다. 물론 자신 역시도 시간이 필요했다. 이제부터는 평소보다 더욱더 노력하여 수련에 박차를 가할 생각이었고, 종영영의 양자에 대한 제의도 승낙할 생각이었다.

신분이 높아지면 그만큼 높은 무공을 배우게 된다. 장단경의 마지막 말이 가슴에 사무치도록 남았기에 결국 종영영의 제의를 승낙하는 쪽으로 마음을 잡은 것이다.

'상승의 무공이 고수를 만든다. 상승의 무공이⋯⋯.'

장단경의 모습을 떠올리며 진일은 다시 한 번 단단히 다짐했다. 기필코 위로 올라가 홍수려와 어깨를 나란히 하겠다고.

"다 왔다."

"……."

멀리 천문성의 성문이 보이자 진일이 먼저 입을 열었다. 홍수려는 대답하지 않았다. 그저 묵묵히 말만 몰고 있을 뿐이었다.

"사람들이 있어. 아마도… 우리를 기다리는 사람들이겠지."

진일의 말에 홍수려는 여전히 침묵했다. 그녀도 보고 있을 것이다. 하지만 그녀는 오직 무심한 눈동자로 앞을 바라볼 뿐이었다.

다각! 다각!

말발굽 소리만이 고요하게 주변을 울렸다. 그리고 천문성의 정문이 십여 장 정도까지 가까워지자 성문에서 기다리던 십여 명의 무인들이 달려오기 시작했다.

홍수려가 말을 멈췄다. 진일도 그녀의 행동에 말을 멈췄다. 말에서 홍수려가 내려가자 진일도 내려갔다. 홍수려가 자신의 말고삐를 건네자 진일은 받아 쥐곤 조용히 앞으로 나서는 그녀의 뒷모습을 쳐다보았다.

막 두어 걸음 나갔을까? 홍수려가 신형을 돌리며 갓 너머로 진일을 쳐다보았다. 그런 그녀의 눈동자가 흔들리고 있었다. 하지만 진일은 그것을 볼 수가 없었고 알 수도 없었다. 그녀의 표정이 어떠한지, 또한 눈동자에 반짝이는 물기가 무엇을 의미하는지도.

"진 가가… 정말 저를 사랑한다면… 지금 이 자리에서 저를 안아주세요."

순간 진일의 안색이 굳어졌다. 본능은 달려가 안으려고 했으나 눈앞에 보이는 사람들이 점점 가까워지자 이성이 몸을 막은 것이다. 그 짧은 망설임이 있는 순간 홍수려가 매정하게 고개를 돌렸다.

"아가씨를 뵙습니다."

그리고 그 순간 십여 명의 무인들이 홍수려의 앞에 부복했다.

"당신은… 정말 용기없는 사람이에요, 진 단주. 이곳까지 오는 동안 고생했어요. 두 번 다시 만나는 일은 없을 것이에요, 두 번 다시."

"……!"

순간 진일의 눈동자가 커지더니 크게 흔들리기 시작했다. 마지막 그녀의 목소리에는 살기와 함께 너무도 차가운 원한이 담겨져 있었다.

"연……."

막 홍수려를 향해 다가가려던 진일의 앞을 누군가가 막아섰다. 진일의 표정이 굳어졌다.

"자네가 진일인가? 아가씨를 모시고 와줘서 고맙네."

천문성의 깊숙한 곳에 위치한 홍수려의 거처는 아침부터 부산하게 움직이기 시작했다. 그녀가 돌아왔기 때문이다.

방 안으로 들어온 홍수려는 침실에 들어와 갓을 벗고 얼굴을 감싼 천을 천천히 풀었다. 그녀의 좌우로 두 명의 시비가 침의를 손에 들고 있었다.

스륵!

얼굴을 가린 천이 모두 바닥에 내려가자 두 시비가 눈을 부릅떴다.

"어머!"

"아가씨!"

시비들이 놀라 뒤로 한 걸음씩 물러서자 홍수려가 차갑게 말했다.

"보기 흉하니?"

그녀의 물음에 시비들은 침을 삼켰다. 순간 홍수려의 눈동자가 차갑게 시비들의 얼굴을 스쳤다.

"아… 아닙니다."

시비들은 놀라 대답하며 고개를 숙였다. 홍수려의 눈빛에 살기가 맴돌았기 때문이다.

"거짓말이 서툴구나."

"죄송합니다!"

두 시비가 동시에 허리를 깊게 숙였다.

스륵!

홍수려의 옷자락이 발끝까지 내려갔다.

"목욕물은 준비되었겠지?"

"물론입니다."

홍수려가 고개를 끄덕이며 양손을 펼치자 두 시비가 재빠르게 침의를 그녀의 몸에 입혀주었다.

저녁때가 되어서 눈을 뜬 홍수려는 자리에서 일어나 거울을 쳐다보았다. 잠시 동안 멍하니 거울을 보던 홍수려는 큰 흉터를 손으로 만지다 곧 거울을 들더니 던져 버렸다.

와장창!

거울이 깨지는 소리가 요란하게 울렸다. 잠시 그렇게 서 있던 홍수려는 지금의 현실이 꿈이 아니라는 것에서 다시 한 번 어깨를 떨었다. 그리곤 자리에 주저앉았다.

"거짓말이었어, 거짓말. 모두 거짓말이었어."

어깨를 흔들던 홍수려는 진일의 얼굴을 떠올리고 있었다. 그는 분명 자신을 사랑한다고 했었다. 하지만 얼굴에 흉터가 생긴 이후로 그의 태도는 바뀌었다. 그게 가슴에 사무치도록 싫었다.

"개새끼······."

고개를 든 홍수려의 눈동자는 살기로 넘쳐 났다.

"아가씨."

밖에서 시비의 목소리가 들려왔다.

"일공자께서 오셨습니다."

홍수려의 안색이 굳어졌다.

슥! 슥!

옷을 입는 소리가 문을 통해서 내실로 들려왔다. 문자경은
잠시 뒷짐을 지고 서서 내실을 둘러보았다. 평소 화려한 것을
싫어하는 홍수려였기에 방 안의 전경도 단순하였고 장식품도
거의 없었다. 오히려 그것에 마음에 드는 문자경이었다

다탁 위에 올려진 찻잔을 들어 연꽃 문양을 살피던 문자경
이 생각난 듯 말했다.

"고생이 많았다고 들었소이다."

그의 말이 분명 방 안으로 들어갔을 터인데도 홍수려의 대
답은 없었다. 문자경은 피식거리며 의자에 앉았다.

"살아서 돌아와 정말 다행이오. 이번 일로 홍 소저에게 이
일을 맡긴 인서각주가 강등될 것이고 해남파와 독선문은 막
대한 피해를 입게 될 것이오."

홍수려는 시비의 손에 들린 면사를 바라보았다. 문밖에서
들리는 문자경의 목소리는 귀에까지 닿지 않았다. 그저 시비
의 손에 들린 검은 면사만이 눈에 들어올 뿐이었다.

'이 면사를 쓰면……'

홍수려의 눈동자가 흔들렸다. 검은 면사를 쓰게 되면 지금까지의 모든 것이 바뀌는 것 같은 기분이 들었기 때문이다.

슥!

시비가 결국 면사를 씌워주었다. 홍수려의 흔들리는 눈동자가 이내 굳어지더니 차갑게 반짝이기 시작했다.

"아가씨, 이것도 정말… 쓰실 건가요?"

시비가 방립을 보이며 말하자 홍수려는 고개를 끄덕였다. 방립의 끝에는 검은 천잠사가 얼굴 밑까지 내려갈 정도로 걸려 있었다. 그것을 쓰면 얼굴 전체가 검은 천으로 가리게 되는 것이다.

슥!

망설이던 시비가 결국 방립을 홍수려의 머리 위에 씌웠다. 그러자 그녀의 눈동자가 검은 천에 가려 사라졌다.

스륵!

"……!"

문을 열고 나오는 홍수려의 모습에 순간적으로 문자경은 눈을 부릅떴다. 검은 무복에 검은 방립을 쓴 그녀의 모습은 지금까지 자신이 아는 홍수려가 아니었기 때문이다. 더욱이 천잠사 밑으로 검은 면사까지 그녀는 쓰고 있었다.

"홍 소저……."

굳어 있는 문자경의 모습을 가만히 쳐다보던 홍수려가 입을 열었다.

"왜요? 이상한가요?"

"아니… 너무 놀라서 그랬소."

문자경이 잠시 굳은 표정으로 말을 하다 침음을 삼켰다. 그러자 홍수려가 빠르게 말했다.

"다음 대의 천문성주가 되고 싶지 않으신가요?"

"……!"

문자경의 눈동자가 부릅떠졌다. 그러더니 이내 미미하게 어깨를 떨었고 입가에 웃음을 걸었다.

"되지도 않는 농담은 집어치우구려."

"왜요?"

문자경은 목이 타는지 차를 따라 마시며 인상을 굳혔다.

"아직 할아버님은 정정하시고 아버님이 총군으로 지내는데 어떻게 내가 다음 대 성주가 되겠소? 말도 안 되는 일이오."

그러자 홍수려가 창가로 걸음을 옮기며 낮은 목소리로 말했다.

"나와 혼인을 한다면?"

"……!"

순간 문자경의 눈동자가 굳어지더니 크게 흔들리기 시작했다. 그러던 어느 순간 크게 웃기 시작했다.

"하하하하! 정말 재미있는 농담이오! 하지만 천문성의 삼 대기둥 중 하나인 금호방을 등에 지게 된다면 못할 것도 없겠지. 더욱이 태상장로까지 내 편이라면 말이야."

그렇게 말한 문자경이 일어나 빠르게 홍수려의 뒤로 다가 왔다.

"그러나… 그냥 하는 말은 아닐 터인데?"

슥!

문자경의 손이 너무 쉽게 홍수려의 허리를 감았다. 순간 홍수려가 어깨를 떨며 앞으로 한 발 내디뎠다. 문자경의 손을 빠져나가기 위해서다. 하지만 문자경은 그것도 예상한 듯 손에 힘을 주어 막았다.

"이 허리를 안고 싶었지."

"당신……."

문자경은 기분이 좋았다. 홍수려의 가느다란 허리를 안고 있자니 마치 커다란 꿈을 잡은 것 같은 기분이 들었기 때문이다.

"혼인하자고 하지 않았소?"

"그것은 제 부탁을 들어준 다음에 해야 할 일이에요."

그렇게 말한 홍수려가 가볍게 문자경의 손을 뿌리치며 빠져나왔다. 문자경은 그 말에 피식거리며 뒤로 한 발 물러섰다.

"무슨 부탁이오?"

"그건……."

홍수려는 잠시 입을 닫았다. 이미 마음을 먹었으나 막상 뱉

으러니 힘들었던 것이다. 그런 홍수려의 어깨가 미미하게 떨렸다. 이내 입술을 살짝 깨문 홍수려는 차갑게 말했다.

"제 얼굴을 본 모든 자를 죽여주세요."

"……!"

순간 문자경의 표정이 굳어졌다. 하지만 그것도 잠시였다. '휙!' 하는 바람 소리와 함께 문자경의 신형이 홍수려의 눈에 흔들리는 것처럼 보였다.

퍼퍽!

어느새 홍수려의 뒤에 나타난 문자경은 자신의 오른손을 들어 보았다. 검지에 피가 묻어 있자 인상을 찌푸렸다.

"……!"

홍수려가 놀라 신형을 돌리는 순간 그녀의 어깨가 크게 흔들렸다. 두 시비의 이마에 손가락 크기만 한 검은 구멍이 뚫려 있었기 때문이다.

쿠쿵!

눈을 부릅뜬 채 바닥에 쓰러진 시비들을 문자경은 쳐다보다 이내 쪼그리고 앉아 검지를 시비의 옷에 닦았다.

"못 들어줄 것도 없겠지."

그런 그의 입가에 차가운 미소가 걸렸다.

휙!

순간 번개처럼 문자경이 일어나 홍수려의 방립을 쳐냄과 동시에 소매로 바람을 일으켜 면사를 날렸다.

팔랑!

검은 면사가 홍수려의 머리를 넘어 날았다.

탁!

방립이 떨어지고 그 위로 면사가 살포시 주저앉았다.

스륵!

방립과 면사 위로 홍수려의 검은 머리카락이 흘러내렸다. 허리가 살며시 꺾이자 긴 머리카락이 바닥에 닿은 것이다.

"놓으세요."

인상을 굳힌 홍수려의 차가운 눈동자가 문자경의 시선 속을 파고들었다. 하지만 홍수려의 허리를 왼손으로 감은 문자경은 팔을 놓을 생각이 없었다. 그저 가만히 홍수려의 얼굴을 쳐다보고만 있었다. 그러다 오른손으로 가만히 홍수려의 턱을 들었다. 홍수려의 시선이 흔들리기 시작했다.

"타락하기 좋은 얼굴이군."

눈을 부릅뜬 홍수려의 입술에 문자경은 입을 맞추었다.

"읍!"

『진가도』 2권에서 계속.

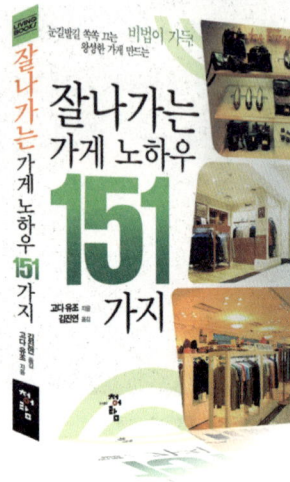

초등학생이 반드시 읽어야 할 좋은 책 49권

각 학년별로 초등학생이 반드시 읽어야할 좋은 책을
선정하여 통합논술의 기본이 되는 '올바른 독서법' 을
일깨워 줍니다.

교과서와
함께하는
초등학교 통합논술

초등1학년 / 값 12,000원 / 초등2학년 / 값 9,500원 / 초등3학년 / 값 11,000원 / 초등4학년 / 값 9,500원 / 초등5학년 / 값 9,500원 / 초등6학년 / 값 11,000원

♣ 혼자 할 수 있어요.

엄마가 책 읽는 방법을 가르쳐 주어도 좋아요.
독서지도하는 선생님이 가르쳐 주어도 좋답니다.
"초등 교과서와 함께하는 **통합논술 시리즈**"는
아이 스스로 독서할 수 있도록 꾸며진 책이에요.
엄마와 선생님은 요령만 가르쳐 주시면 된답니다.

♣ 교과서의 중요한 내용이 총정리되어 있어요.

각 학년별로 중요한 교과 내용이 함께 수록되어 있어요.
초등학생은 교과서 내용을 충실하게 공부해야 합니다.
아울러 그와 병행한 독서가 대단히 중요하지요.
"초등 교과서와 함께하는 **통합논술 시리즈**"는
두 가지 방법 모두 알려준답니다.

♣ 이 책은 훌륭하신 선생님들이 함께 쓰신 책이랍니다.

동화작가 선생님들이 쓰셨어요. 소설가 선생님도 쓰셨답니다.
국어 논술독서지도 선생님들도 함께 쓰셨지요.
"초등 교과서와 함께하는 **통합논술 시리즈**"는
엄마의 마음으로 모든 선생님들이 함께 꾸민 책이랍니다.

입소문을 통해 아는 분은 다 알고 계십니다!
올 한해 공인중개사 최고의 화제작!

1~2권 합본 | 이웅훈 지음
3~4권 합본 | 이웅훈 지음
5~6권 합본 | 이웅훈 지음
용어해설 | 이웅훈 지음

수험생 기본 필독서
만화 공인중개사

제목 : 만화공인중개사 쓰신 분에게 감사드립니다.

학원을 두 달 다녔어요. 근데 과연 그 숫자 외우기 그런 게 몇 문제나 나올까 생각을 했어요.
아니라는 생각이 드네요. 학원강의를 뒤로하고 서점을 갔어요. 내 머리에 가장 이해될 수 있는
책이 없나 하구요. 거기서 만화를 발견했어요. 무조건 세 번 봤어요. 3개월 걸렸어요. 문제집을 보라고
했는데 그건 시행을 못했어요. 근데 합격을 했네요.
어떻게 감사의 말을 해야 될지…….
도서관에서 만화책 들고 다니니까 사람들이 비웃더라구요. 만화책으로 공인중개사를 공부한다고
미친 사람처럼 보더라구요. 근데 그거 다 감수하고 했던 내가 자랑스럽습니다.
어떻게 감사의 말을 해야 할지… 정말 감사합니다.
부디 행복하세요. 제 나이 41살에 좋은 스승을 만난 것 같습니다.
엎드려 감사드립니다.

−본사 홈페이지에 독자분이 올린 메일 中에서 발췌−